I0601896

SATISFAIRE LE COLONEL

RENEE ROSE

Copyright © 2018 Pleasing the Colonel et Satisfaire le Colonel par Renee Rose

Tous droits réservés. Cet exemplaire est destiné EXCLUSIVEMENT à l'acheteur d'origine de ce livre. Aucune partie de ce livre ne peut être reproduite, scannée ou distribuée sous quelque forme imprimée ou électronique que ce soit sans l'autorisation écrite préalable des auteures. Veuillez ne pas participer ni encourager le piratage de documents protégés par droits d'auteur en violation des droits des auteures. N'achetez que des éditions autorisées.

Renee Rose® est une marque déposée de Wilrose Dream Ventures.

Publié aux États-Unis d'Amérique

Renee Rose Romance

Ce livre est une œuvre de fiction. Bien que certaines références puissent être faites à des évènements historiques réels ou à des lieux existants, les noms, personnages, lieux et évènements sont le fruit de l'imagination des auteures ou sont utilisés de manière fictive, et toute ressemblance avec des personnes réelles, vivantes ou décédées, des établissements commerciaux, des évènements ou des lieux est purement fortuite.

Ce livre contient des descriptions de nombreuses pratiques sexuelles et BDSM, mais il s'agit d'une œuvre de fiction et elle ne devrait en aucun cas être utilisée comme un guide. Les auteures et l'éditeur ne sauraient être tenus pour responsables en cas de perte, dommage, blessure ou décès résultant de l'utilisation des informations contenues dans ce livre. En d'autres termes, ne faites pas ça chez vous, les amis !

❀ Formaté avec Vellum

LIVRE GRATUIT DE RENEE ROSE

Abonnez-vous à la newsletter de Renee

Abonnez-vous à la newsletter de Renee pour recevoir livre gratuit, des scènes bonus gratuites et pour être averti·e de ses nouvelles parutions !

https://BookHip.com/QQAPBW

CHAPITRE UN

*E*lle allait mourir, à n'en pas douter.

La calèche s'était retournée, avait fait une glissade, les avait projetés au fond d'une faille étroite et menaçait désormais de les écraser en finissant sa course sur leurs têtes. Des mains rudes l'attrapèrent et la hissèrent.

— Restez là, ordonna la voix attachée aux mains.

Elle était grave et autoritaire, sûrement celle d'un homme habitué à donner des ordres et à être obéi au doigt et à l'œil.

— Vous, là-bas, placez-vous près d'elle et protégez là, ajouta la voix.

— Ohé, vous m'entendez ? lança la voix terrifiée de leur cocher au-dessus de la calèche.

— Nous sommes en vie, répondit aussitôt la voix autoritaire. Tous sur pieds.

— Dieux soit loué. Je vais chercher de l'aide. Les chevaux ont disparu, et je suis incapable de tirer cette calèche tout seul.

Elle entendit un grognement et un juron étouffé.

— Allez à ma calèche et demandez à mon cocher de venir vous aider avec mes chevaux, ordonna la première voix.

Hâtez-vous, j'ignore combien de temps cette chose tiendra avant de nous tomber dessus !

— Bien, Monsieur. Je reviens le plus vite possible.

La voix autoritaire devait appartenir à l'officier. Il s'était joint à leur calèche une lieue plus tôt, lorsque la sienne avait perdu une roue. Il avait quitté cocher et calèche pour poursuivre sa route avec eux, visiblement pressé de rallier Londres avant la nuit. L'autre passager était un jeune homme, probablement du même âge qu'elle. Elle lui donnait dix-neuf ou vingt ans.

À cette allure, ils ne reverraient peut-être jamais Londres.

— Aidez-moi à soutenir la calèche, ordonna le militaire.

Il tentait de coincer des branches entre la roche et la calèche pour éviter qu'elle tombe.

— Tenez, lui dit le jeune homme en lui tendant une autre branche, avant de poursuivre ses recherches dans la fissure plongée dans la pénombre.

Elle l'imita, les mains tremblantes, les yeux peinant à s'adapter à l'obscurité. Elle s'était fait mal à la nuque lorsqu'elle avait été projetée au fond de la fissure, et son épaule la faisait également souffrir.

Elle trouva un bâton, épais mais court. Il ne servirait probablement à rien. Elle s'y accrocha néanmoins tout en poursuivant ses recherches. Elle trouva deux bouts de bois supplémentaires et les apporta à l'officier. Un colonel, l'avait-elle entendu dire à leur cocher, si sa mémoire était bonne, bien qu'il ne leur eût pas adressé un mot après s'être joint à eux.

— Merci, lui dit-il.

Il prit les morceaux de bois et les coinça en plusieurs endroits autour de la calèche.

De la terre continuait de leur tomber dessus, lui rappelant qu'à tout moment, tout pourrait basculer sur eux. Elle retourna à l'endroit que lui avait indiqué le colonel. Il se trouvait au centre de la calèche, de sorte que si elle s'écrasait, la porte ouverte l'épargnerait.

Les deux hommes continuèrent de s'activer en silence durant une quinzaine de minutes, jusqu'à ce qu'il ne reste plus la moindre branche ou la moindre pierre. Puis le colonel ordonna au jeune homme de retourner à ses côtés.

— Êtes-vous blessée, Mademoiselle ? lui demanda le jeune homme, plein de sollicitude.

— Non, Monsieur. Pas vraiment. J'aurai quelques ecchymoses et un torticolis. Enfin, si je sors d'ici un jour.

— Je m'appelle Ned Bartlby.

— Amanda Downy.

— Ravi de faire votre connaissance, Miss Downy.

Elle sentit quelque chose de froid et métallique contre sa paume.

— Buvez une gorgée, dit le jeune homme. Cela vous fera du bien.

Il lui avait donné une flasque de brandy. Elle hésita, puis conclut qu'il avait raison ; s'il y avait bien un moment pour boire de l'alcool fort, c'était bien celui-ci. Elle en but une grosse lampée, puis toussota et frémit lorsque le feu liquide lui parcourut la gorge. Bartlby rit.

— Buvez une autre gorgée, l'encouragea-t-il.

— Je pense que cela suffira, répondit-elle d'une voix étranglée, sans cesser de tousser, et elle lui rendit la flasque. Mais je vous remercie. Et merci, Monsieur, d'avoir aussitôt réagi face au danger.

Elle avait adressé cette dernière phrase au colonel, mais ce fut Bartlby qui répondit :

— Oh, je vous en prie.

L'ombre du colonel grandit jusqu'à ce qu'elle parvienne à distinguer son visage.

— Merci à *vous*, Monsieur, dit-elle sans laisser place au doute, cette fois.

— J'espère simplement que ça tiendra, répondit-il d'un air sombre.

— Oui, Colonel. Vous êtes bien colonel, n'est-ce pas ?

Il émit un son affirmatif, mais n'ajouta rien. Après ce qui sembla être des heures, elle soupira et s'assit sur le sol de pierre froide. Ses jambes étaient trop lasses pour la soutenir plus longtemps. Bartlby s'installa à ses côtés.

— Buvez encore, dit-il en lui tendant sa flasque.

Elle prit une bonne gorgée et frémit de nouveau lorsque le liquide la traversa.

— Encore, l'encouragea-t-il lorsqu'elle tenta de lui rendre la flasque.

Bon, si elle était vouée à mourir, autant rendre l'expérience agréable. Elle but une autre grosse gorgée et poussa une exclamation.

— Ce serait une mort bien étrange, n'est-ce pas ? dit Bartlby d'un ton songeur.

— En effet, soupira-t-elle. Je n'imaginais pas périr ainsi.

Le feu du brandy l'avait réchauffée, et elle sentait ses muscles se détendre.

— Cette boisson n'est pas trop mauvaise, une fois que l'on est parvenu à l'avaler, commenta-t-elle.

Bartlby eut un petit rire et lui remit de nouveau la flasque. Elle en but une nouvelle gorgée et ressentit un léger étourdissement. Elle n'avait rien mangé depuis le matin, et l'alcool l'affectait.

— Vous vivez à Londres ? s'enquit Bartlby.

— Oui. Je rendais simplement visite à ma mère à Huntington. Elle est souffrante.

— Vous travaillez à Londres, alors ?

— Oui, je suis gouvernante. J'y vis depuis presque cinq mois.

Elle remarqua distraitement que l'alcool lui avait délié la

langue. Non qu'elle eût dit quoi que ce soit d'inhabituel, mais elle parlait sans réfléchir. Le jeune homme, qui risquait d'être la dernière personne à la voir en vie, lui inspirait une vive amitié.

— Moi aussi, répondit Bartlby. Je suis secrétaire. Étiez-vous gouvernante ailleurs avant ce poste ?

— Non. J'ai dû trouver un emploi de façon inattendue, pour tout vous dire. Mon père est mort il y a six mois, et son domaine ne pouvait être dévolu qu'à un héritier mâle. Ma mère, ma sœur et moi avons été contraintes de quitter les lieux. Ma mère loge chez des membres de notre famille, et ma sœur et moi sommes toutes deux devenues gouvernantes. Elle travaille à Banford.

— Je vois. Je suis navré pour votre père.

— Merci, dit-elle d'une voix chevrotante.

Ses condoléances réveillèrent son chagrin. Elle ne s'était pas autorisée à penser à son père depuis les funérailles. Des larmes lui brûlèrent momentanément les yeux. Comme s'il l'avait perçu, il lui tendit de nouveau la flasque.

Elle renversa la tête en arrière pour en avaler une grosse lampée et manqua de s'étrangler avec. Tandis que le liquide lui brûlait la gorge, son étourdissement reprit de plus belle.

— Mon cousin éloigné, qui a hérité du domaine, est un homme épouvantable. Il ne nous a même pas laissé le temps de réunir nos affaires ou de faire le moindre préparatif. C'est cela qui a rendu ma mère malade, voyez-vous.

Il murmura quelques paroles encourageantes tandis qu'elle poursuivait :

— Le chagrin provoqué par la mort de mon père et la douleur de devoir mendier une chambre chez des membres de notre famille l'ont profondément affectée.

Les mots semblaient jaillir d'eux même.

— Elle n'en est pas à son premier revers de fortune, la pauvre. Ses parents étaient membres de l'aristocratie française. Ils ont été guillotinés après la Révolution, et sa nourrice l'a faite passer en Angleterre alors qu'elle était enfant.

Quelque chose lui disait qu'elle se livrait trop, mais elle n'arrivait pas à s'en préoccuper. Bartlby claqua la langue avec compassion. Soudain, elle se surprit à lui exposer toutes les difficultés des mois écoulés.

— Ma sœur et moi avons connu un sacré choc. Nous n'avons pas été élevées dans l'idée de devoir travailler, et nous n'avions aucune référence. J'ai honte de vous avouer que j'ai menti à mes employeurs sur mon expérience, car je n'en avais pas. L'un de nos voisins m'a fourni une lettre de recommandation. Scandaleux, je sais. Je n'aurais jamais envisagé une telle chose, avant, mais ma situation était désespérée, voyez-vous.

— Bien entendu, dit Bartlby d'un ton compréhensif.

Les larmes se remirent à lui brûler les yeux.

— Les enfants sont merveilleux, mais le reste de la maisonnée est abominable. Je n'ai pas encore rencontré le père, qui est officier en Birmanie en ce moment, vous savez ; mais leur tante me traite de manière épouvantable. Comme une domestique, et je suppose que c'est ce que je suis.

— Absolument pas, la contredit Bartlby avec indignation. Vous êtes une dame. De plus, une gouvernante n'est pas une *domestique*.

— Merci, dit-elle, reconnaissante. Mais ce n'est pas ainsi qu'ils voient les choses. J'ai l'impression d'être constamment humiliée. Oh, mais je ne veux pas me plaindre. J'ai bien une amie là-bas, en plus des enfants. Leur nourrice est très gentille avec moi. Mais bien sûr, je la couvre toujours lorsqu'elle se volatilise. Elle s'éclipse dans les écuries pour conter fleurette au cocher, alors elle est obligée de me traiter amicalement, n'est-ce pas ?

Mandy se trouvait incapable de se taire, à présent qu'elle avait commencé.

— Cela me semble désormais ironique d'être sans le sou, compte tenu des propositions de mariage excellentes que j'ai refusées. Mes parents ont fait un mariage d'amour, aussi ma mère nous a toujours encouragées à attendre de trouver le bon. Et maintenant me voici, à demander des avances sur salaire afin de rendre visite à ma mère souffrante.

Elle poussa un soupir théâtral.

— Mais je crois que je ne regrette rien. Je préfère travailler et avoir une chance de tomber amoureuse plutôt que d'être aisée mais prisonnière d'un militaire rigide ou d'un pasteur imbu de sa personne. Sans vouloir vous insulter, Monsieur, conclut-elle pour le colonel.

Elle commençait à avoir du mal à articuler.

Le colonel Charles Watson avait la vive impression que le jeune secrétaire nommé Bartlby faisait exprès de saouler la charmante gouvernante. Il espérait sûrement lui voler un baiser ou lui faire des avances inappropriées.

— Tenez, dit justement ce dernier en lui tendant de nouveau la flasque.

Il ne pouvait plus se taire.

— Je pense qu'elle a assez bu, intervint-il d'un ton sec.

La jeune gouvernante retira sa main avec surprise, visiblement déroutée. Au moins, elle avait obéi à ses remontrances. Elle semblait intelligente et avait de toute évidence reçu une excellente éducation, en plus d'être très belle.

— Je pense que la dame peut décider par elle-même, répliqua le secrétaire avec froideur.

— Non, dit-elle en secouant la tête, comme pour

s'éclaircir les idées. Je m'en remets au jugement du colonel. Et je vous en prie, ne soyez pas impoli pour me défendre.

Elle parlait d'un ton pincé, la gentillesse naturelle de sa voix modulée par un léger reproche.

Cela n'aurait pas dû avoir d'effet sur lui, mais il ne put s'empêcher d'être ravi qu'elle s'en remette à son jugement plutôt qu'à celui du secrétaire. Il s'était joint à leur calèche une demi-heure seulement avant l'incident. La sienne avait perdu une roue, et au lieu d'attendre, il avait accepté de poursuivre le voyage en leur compagnie. De toute évidence, il avait continué de jouer de malchance, cependant.

— Ohé ? lança une voix au-dessus de la calèche.

Ils se remirent maladroitement debout.

— Nous allons bien ! s'écria-t-il.

— Très bien. Nous allons nouer des cordes de notre côté de la calèche, et nous verrons si les chevaux parviennent à la hisser.

— Soyez prudent en attachant les cordes, avertit-il. Surtout, ne faites rien peser sur la calèche. Nous nous trouvons juste en dessous, sans le moindre refuge.

Le risque que la calèche s'écrase sur eux deux mètres plus bas était bien réel, malgré les précautions qu'il avait prises en coinçant des branches pour la maintenir.

— Bien, Monsieur, répondit le cocher. C'est compris.

Il patienta, écoutant les sons qui arrivaient d'en haut. De la terre et des cailloux s'étaient remis à tomber autour de la calèche, et elle émettait des craquements menaçants. Les grincements ne firent que s'amplifier lorsqu'en haut, des cris encouragèrent les chevaux à tirer. Il craignait qu'au lieu d'être soulevée, la calèche se rompe en deux. En ce cas, ils seraient écrasés. Au-dessus de leurs têtes, les cris devinrent plus chaotiques, et différentes voix lançaient des ordres contradictoires tandis qu'un craquement sonore retentissait et que des morceaux de calèches se mettaient à leur tomber dessus.

D'instinct, Charles s'empara de la gouvernante et la serra contre son torse, lui baissant la tête et tentant de la protéger avec ses mains. Elle s'agrippa à lui, et il sentit son petit corps moelleux trembler de peur, ses seins pressés contre ses côtes. Ses cheveux étaient soyeux sous ses doigts et sentaient légèrement la lavande. Il comprenait que le secrétaire ait tenté d'attirer son attention ; elle était extrêmement attrayante.

Il attendit que la cascade de morceaux de calèche et de cailloux cesse. Le plus gros de la calèche avait été sorti, et il voyait désormais le ciel crépusculaire à travers la poussière.

— Tout le monde va bien, en bas ?

À contrecœur, il lâcha la gouvernante et lui épousseta le dos.

— Oui, tout va bien, lança-t-il.

— Colonel, dit-elle d'un ton décidé, comme si elle avait jusqu'à présent ignoré lequel des deux hommes l'avait étreinte.

Étonnamment, cela le courrouça. Il ignorait pourquoi il tenait tant à ce qu'elle sache que c'était lui qui l'avait protégée. Il n'avait rien d'un jeune homme en train de courtiser une femme. Il était veuf et n'avait aucunement l'intention de se remarier. Il ne voulait plus jamais tomber amoureux.

— Je vais descendre une corde pour vous aider à monter. Vous la voyez ?

Il s'éloigna de la jeune femme et tendit les mains vers la corde qui descendait le long de la paroi de pierre.

— Je l'ai ! lança le colonel. Venez, Miss Downy.

Il lui tendit la main. Elle approcha, et il plaça la corde entre ses paumes.

— Vous allez vous servir de vos pieds pour grimper le long de la paroi tout en vous accrochant à la corde, vous voyez ?

Il la hissa jusqu'à ce qu'elle place solidement les pieds contre le mur.

— Voilà. Maintenant, commencez à grimper. Je vais continuer à vous pousser jusqu'à ce vous y parveniez seule.

Il poussa sur ses fesses, tentant d'ignorer leur agréable rondeur. La jeune dame était toujours enivrée et semblait avoir du mal à grimper dans la pénombre, mais, soulagé, il vit les deux hommes au-dessus de leurs têtes la hisser en sécurité. Il envoya le secrétaire à sa suite, puis leur emboîta le pas. Par bonheur, son cocher avait réparé la roue de sa calèche, qui était prête à le ramener chez lui.

— Vous voulez vous joindre à moi ? demanda-t-il aux deux autres passagers.

— Non merci, répondit Bartlby. Notre cocher a déjà emprunté une autre calèche.

— Et vous ? demanda-t-il à Miss Downy.

Il était impatient de rentrer chez lui, mais il hésitait également à la laisser repartir avec le secrétaire.

— Non merci. Le cocher a déjà transféré mes bagages dans l'autre calèche. Bonne nuit, Monsieur, et encore merci.

Sa conscience l'asticotait à l'idée de la laisser, mais ils n'étaient plus très loin de Londres, et le cocher serait avec eux. Elle se trouverait certainement en sécurité.

Il n'avait pas vu ses enfants depuis près d'un an. Son cœur se serrait de culpabilité de les avoir délaissés si longtemps, même si cela avait été pour servir son pays. Il tenta d'entrer dans la maison sans faire de bruit, mais Violet, l'une de ses domestiques, sortit voir de qui s'agissait et s'exclama :

— Colonel ! Bienvenue chez vous !

Elle était si bruyante que tout le personnel et toute la famille sortirent du lit pour l'accueillir.

Sa sœur Lucinda, qui avait dix ans de moins que lui, descendit les marches de l'escalier deux à deux en robe de chambre et se jeta à son cou, l'étranglant presque. Il rit et la serra contre lui, puis salua Mrs James, la dame de compagnie et chaperon de Lucinda. Il était en train de faire des politesses à chaque domestique lorsque Tom et Rosie déboulèrent dans l'escalier en criant « Papa ! Papa ! » à pleins poumons.

Ils s'arrêtèrent au pied des marches, cependant, soudain intimidés.

— Venez, les enfants. N'ayez pas peur. Vous m'avez tant manqué !

Il s'accroupit et leur ouvrit ses bras. Lucinda les poussa doucement en avant et ils approchèrent d'un air nerveux, les yeux baissés. Il les étreignit tous deux puis les souleva, chacun hissé sur l'une de ses hanches, pour les mettre au lit et les border, avant de leur promettre de les emmener au parc le lendemain.

∼

Au matin, il s'assit pour prendre son petit-déjeuner avec sa sœur et Mrs James, avant de réaliser que le seul membre de la maisonnée qu'il n'avait pas vu la veille était la nouvelle gouvernante.

— Où est la gouvernante ? J'ai oublié son nom.

Son avocat l'avait engagée plusieurs mois plus tôt lorsqu'il s'était avéré que l'ancienne n'était pas à la hauteur, mais à l'exception de quelques lettres, il en savait très peu sur la jeune femme.

— Miss Downy, répondit Lucinda d'un ton quelque peu amer.

Ce nom lui semblait familier, maintenant qu'elle le disait.

— Êtes-vous satisfaite de son travail ?

— Oh, elle est merveilleuse avec les enfants, oui, dit Lucinda d'un ton nonchalant, comme si cela était le cadet de ses soucis.

— Et ?

Sa sœur haussa les épaules.

— Elle a tout pour te satisfaire, je n'en doute pas, répondit-elle d'un ton un peu trop pincé.

Il haussa un sourcil.

— Cela signifie-t-il qu'elle est trop jolie ou talentueuse à ton goût ? s'enquit-il sèchement.

Lucinda rougit.

— Charles ! s'exclama-t-elle, indignée.

Puis elle rit avec autodérision et ajouta en boudant théâtralement :

— Les deux.

— Mrs James, j'espérais que votre influence rendrait ma sœur plus aimable. À quoi bon tenir compagnie à une jeune fille si vous ne parvenez pas à lui inculquer les bonnes manières ? Je me serais au moins attendu à ce que vous la complimentiez assez pour qu'elle ne se sente pas menacée par toutes les dames qu'elle rencontre.

Cette remontrance avait fait pâlir Mrs James. Seule Lucinda avait l'habitude de sa franchise brusque. Elle lui jeta un regard mécontent.

— Eh bien, j'ignore pourquoi Miss Downy est en retard pour le petit-déjeuner, à moins qu'elle ne soit pas rentrée hier soir comme promis. Oh, vous voilà ! Comptiez-vous dormir toute la journée ?

Il se leva et se tourna vers la jeune femme qui était entrée dans la salle à manger, mais s'arrêta net en la reconnaissant.

Elle écarquilla les yeux et pâlit, son expression absolument horrifiée.

~

Oh non. Elle se glaça et resta bouche bée. C'était l'homme de la calèche. Le colonel. La surprise traversa également le visage de l'homme, mais il reprit bien vite un air impassible, le même que la veille.

— Vous devez être la gouvernante, dit-il en inclinant la tête dans une légère révérence.

Elle déglutit. Son cerveau tournait à plein régime. Toutes les choses qu'elle avait révélées la veille lui revinrent en mémoire, accompagnées d'une vague d'angoisse. Elle avait avoué avoir menti sur ses références, avait dit que ses employeurs étaient abominables. Elle sentit son visage devenir exsangue, et elle vacilla.

— Miss Downy, se présenta-t-elle d'une voix étranglée en lui faisant la révérence.

— Colonel Watson, répondit-il d'un ton froid.

Elle resta là, tremblante, attendant qu'il l'envoie faire ses bagages et qu'il la renvoie sur-le-champ, mais il se contenta de se rasseoir et d'appliquer du beurre et de la confiture sur ses tartines grillées. Elle resta plantée bêtement au même endroit un moment, puis parvint à rejoindre la table pour s'asseoir face à lui.

— Les enfants ont déjà mangé ? demanda-t-elle pour s'obliger à parler.

— Oui, Julie les a nourris dans la cuisine tout à l'heure, répondit Miss Watson d'un ton sec.

Ne l'avait-il pas reconnue ? Si, forcément. Mais alors pourquoi n'avait-il rien dit ? Pour lui épargner une humiliation ? Dans ce cas, elle lui était reconnaissante de lui avoir offert cette trêve, bien qu'elle eût la gorge trop nouée pour avaler son petit-déjeuner. Miss Watson continuait de parler sans discontinuer, informant son frère de tout ce qui était arrivé à leurs connaissances en son absence, incluant les ragots que Mandy l'avait entendu répéter inlassablement ces cinq derniers mois.

Elle fut soulagée de voir les enfants passer la tête dans la salle à manger. Elle leur sourit d'un air encourageant et leur fit signe d'entrer en leur parlant en français, comme toujours, pour les aider à apprivoiser cette langue.

— *Entrez, les enfants. Êtes-vous heureux du retour de votre papa ?*

Ils pénétrèrent prudemment dans la pièce et se tinrent sur le seuil avec un mélange d'impatience et de formalité. Rosie, âgée de sept ans, joignit les mains devant elle et Tom, quatre ans, se cacha partiellement derrière elle.

— *Oui Mademoiselle*, répondit Rosie avec un accent parfait.

Puis elle repassa à l'anglais :

— Papa nous a dit qu'il allait…

— *En français*, l'interrompit Mandy avec un sourire.

Habituée à ses corrections, Rosie reprit sans se laisser démonter dans son français hésitant :

— Papa a dit qu'il allait nous emmener au parc en calèche ce matin. Aimeriez-vous venir ?

Mandy déglutit avec peine à l'idée de se retrouver dans une calèche avec le colonel.

— *Si votre père le permet*, parvint-elle à répondre.

— Eh bien, je ne suis pas certaine qu'il y ait assez de place, si ? intervint Miss Watson d'une voix aiguë, en anglais. Mrs James et moi souhaitons également nous y rendre.

— Mrs James et toi vous occuperez-vous des enfants,

dans ce cas ? demanda le colonel Watson en haussant un sourcil.

Sa sœur pâlit. Elle semblait aimer sa nièce et son neveu, mais estimait que s'en occuper était indigne de son rang.

— Eh bien, non, nous souhaitions nous promener dans le parc, bien entendu.

— Alors Miss Downy nous accompagnera. Mrs James et vous pourrez prendre l'autre calèche.

Cela sembla irriter Miss Watson, mais elle ne pouvait rien rétorquer, car son frère avait fait preuve d'une logique implacable.

— Quand partons-nous ? demanda Mandy au colonel.

— Quand se déroulent les leçons des enfants habituellement ?

— Après le petit-déjeuner jusqu'à midi, mais je suis flexible. Je suis sûre que les enfants sont impatients de passer du temps avec vous après votre longue absence.

Elle osa un regard vers lui et retint son souffle lorsqu'elle le vit la contempler froidement. Il était plus âgé qu'elle, d'au moins dix ans, mais son visage était très beau, large, fort et déterminé. Il avait des cheveux bruns bouclés et des yeux sombres dotés d'une vive intelligence. Les hommes d'armes ne l'avaient jamais séduite, mais soudain, elle comprenait leur attrait. Elle se sentit aussitôt rougir sous son regard, pétrie de culpabilité à l'idée des mensonges qu'elle avait racontés pour obtenir ce poste. Quelque chose dans son regard lui disait qu'il savait parfaitement à quoi elle pensait.

— Dans ce cas, nous partirons après le déjeuner. Cela me permettra de mettre un peu d'ordre ici. C'est d'accord, les enfants ? s'enquit-il en se tournant vers eux.

— Oui Papa, dit Rosie.

Mandy compatissait avec la petite fille, qui semblait nerveuse. Après n'avoir pas vu son père durant de longs mois, elle était désormais intimidée lorsqu'elle interagissait avec lui. Mandy se leva et la prit par la main.

— *Venez, ma chérie, vous allez me lire quelque chose,* dit-elle en français.

— Et moi ? demanda Tom en anglais en saisissant son autre main.

Il comprenait le français, mais le parlait encore mal.

— *Vous aussi.*

Elle serra sa main et lui adressa un sourire chaleureux.

Elle passa la matinée plongée dans les leçons des enfants, car si elle s'était autorisée à songer à la précarité de son poste, elle se serait effondrée. Pour tenir lors du déjeuner, elle se concentra sur ses protégés et lança une conversation animée en français au sujet des choses qu'ils pourraient voir ou faire au parc. Comme d'ordinaire, elle trouvait refuge auprès des enfants, mais cette fois, elle décortiquait chacun des mots prononcés par le colonel.

Mrs James ne les accompagna pas au parc, finalement, et Mandy ne fut pas obligée de partager la calèche seule avec le colonel et les enfants, un véritable soulagement. Miss Watson monopolisa l'attention de son frère durant tout le trajet, laissant Mandy à ses terribles préoccupations, ce qui ne fit qu'amplifier son angoisse.

Elle serait renvoyée, c'était une certitude. Elle ignorait pour quelle raison le colonel la faisait attendre. Il voulait peut-être lui trouver une remplaçante d'abord. Dans le cas contraire, elle serait obligée de lui demander si elle pourrait rester jusqu'à la fin du mois, étant donné qu'elle avait dû demander une avance sur salaire afin d'aller voir sa mère et qu'elle était sans le sou. S'il refusait, elle se retrouverait tout bonnement à la rue, sans même la possibilité de louer une calèche afin de rejoindre sa mère ou sa sœur.

Elle pourrait tenter de vendre son médaillon. Il était en argent, d'une belle forme ovale avec des gravures en filigrane.

Son père le lui avait offert pour ses seize ans. Si elle le laissait en gage dans une boutique, elle parviendrait peut-être à réunir la somme suffisante pour retrouver sa famille. Mais comme cela serait terrible ! Leurs proches avaient déjà du mal à trouver les moyens et la place pour héberger sa mère, alors elle ! Bon, elle allait devoir supplier le colonel de la laisser rester le temps qu'elle trouve un autre poste. C'était sa seule option.

Au parc, elle veilla sur les enfants, s'asseyant sur un banc pendant qu'elle les envoyait chercher diverses choses sorties tout droit de son imagination. Une plume, un caillou en forme de cœur, quelque chose de violet, des fleurs de cinq couleurs différentes et ainsi de suite. Ils couraient dans tous les sens en quête des objets qu'elle avait nommés et se précipitaient vers elle, à bout de souffle, pour les lui donner. Seule la moitié de son attention était tournée vers eux, le reste de son esprit focalisé sur les moindres faits et gestes du colonel, qui se promenait avec Miss Watson. La tension était terrible.

Elle vit le frère et la sœur revenir dans sa direction, et Miss Watson s'arrêta pour discuter avec un groupe de dames tandis que le colonel se dirigeait droit vers Mandy. Au lieu de l'inviter à s'asseoir à ses côtés, elle se leva.

— Miss Downy, dit-il d'un ton froid, comme une conclusion plutôt qu'un début de conversation.

— Monsieur ?

— Nous devons discuter de certaines choses, non ?

Son cœur se mit à battre comme celui d'un petit oiseau.

— Oui, Monsieur.

— Après le souper. Dans mon bureau.

— Bien, Monsieur, répondit-elle d'une petite voix.

Tom choisit ce moment pour jeter ses bras autour de ses jambes tout en lui racontant qu'il avait poursuivi une colombe. Les larmes montèrent aux yeux de Mandy lorsqu'elle réalisa qu'elle devrait bientôt dire au revoir à ces deux enfants qui étaient devenus le centre de son univers.

~

Miss Downy le suivit dans son bureau après le souper, avec l'air de quelqu'un que l'on mène à la potence. Il était content qu'elle comprenne la gravité de la situation. Mentir sur ses références était une infraction qu'il ne prenait pas à la légère, et cela méritait une sanction. Cependant, après ce qu'il avait vu et les réponses de ses domestiques, elle semblait être une excellente gouvernante, malgré son manque d'expérience.

— Miss Downy. Asseyez-vous.

Il s'installa derrière son large bureau et lui indiqua la chaise face à lui.

— Monsieur le Colonel, puis-je vous faire une requête ? demanda-t-elle avec empressement d'un air anxieux.

Il haussa les sourcils.

— Très bien, Miss Downy.

— S'il vous plaît, je vous en supplie, permettez-moi de rester jusqu'à la fin du mois. J'ai dû demander une avance sur salaire pour aller voir ma mère, et je veux pouvoir vous rembourser avant de partir.

Il fronça les sourcils. L'idée qu'elle ait dû aller voir sa mère malade sans une somme adéquate ne lui plaisait pas. Et s'il n'y avait pas eu d'autre calèche pour la ramener à Londres après l'accident ? Aurait-elle eu les moyens de se loger pour la nuit ? L'imaginer seule dans la campagne sans argent pour subvenir à ses besoins le rendait étonnamment protecteur à son égard.

— Je n'avais pas l'intention de vous renvoyer, lui assura-t-il.

Elle resta bouche bée. Manifestement, elle s'était préparée au pire.

— Mais il est inutile de vous préciser que je prends votre mensonge concernant vos références très au sérieux.

Elle hocha la tête.

— Je comprends, Monsieur le Colonel. Je suis navrée. Je craignais que vous ne m'engagiez pas sans expérience notable.

— En effet. Miss Downy, j'ai parlé à tous les membres de la maisonnée, et personne n'a émis la moindre critique sur la façon dont vous prenez soin des enfants et les éduquez. C'est uniquement pour cette raison que j'ai décidé de vous garder.

Elle poussa un soupir de soulagement, ce qui attira son œil sur son décolleté. Sa peau était d'un blanc laiteux et ses seins étaient gonflés, délicieusement encadrés par le col carré de sa robe. Envahi par une vague de chaleur à cette vue, il se secoua intérieurement.

— Merci, Monsieur le Colonel, s'exclama-t-elle.

— Je ne peux pas laisser passer une telle chose sans vous punir, toutefois, dit-il d'un ton ferme.

Il la traiterait comme il le faisait avec les soldats désobéissants. Dans l'armée, quand un homme s'égarait, on ne le renvoyait pas, bien sûr. On le fouettait pour que cela ne se reproduise plus.

Il ouvrit le tiroir de son bureau et en sortit une lanière de cuir.

CHAPITRE DEUX

*L*es mains de Mandy se glacèrent lorsqu'elle réalisa quel genre de punition il lui réservait. Elle enjoignit son corps à se mouvoir et elle se leva. *Sois courageuse, Mandy*, se dit-elle. Elle serra et desserra les poings sur le tissu de sa robe.

Le colonel avait fait le tour du bureau. Il en tapota la surface.

— Penchez-vous.

Mandy avait le souffle court, frénétique. Elle se plaça devant le bureau et, avec hésitation, se pencha dessus.

— Soulevez vos jupons, ordonna-t-il.

Oh, par pitié. Elle n'avait pas adopté la nouvelle mode consistant à porter des dessous, alors soulever ses jupons reviendrait à livrer ses fesses nues à sa vue et à sa punition. Mortifiée à cette simple idée, elle souleva sa robe et ses jupons à pleines mains jusqu'à sa taille. Les yeux fermés, elle tenta de ne pas songer à cette humiliation qui lui brûlait la peau, la faisait rougir partout. Le bas de ses jupons pendait toujours sur son arrière-train, la couvrant quelque peu, mais elle sentit la manche du colonel effleurer sa peau et il repoussa le tissu sur son dos. Elle frémit sans le vouloir, et sans savoir pourquoi, elle se rappela quand il avait posé les mains sur ses fesses la veille afin de la pousser hors de la fissure.

Son cœur battait à tout rompre. On l'avait déjà fouettée une fois, quand elle avait huit ans, après qu'elle avait cassé la poupée de porcelaine de sa sœur dans un accès de jalousie. Elle s'imaginait qu'être fouettée en tant qu'adulte serait bien, bien pire. Elle courba l'échine et baissa la tête, les paupières serrées par la peur. Elle entendit le sifflement du cuir qui fendait l'air un instant avant qu'il s'abatte sur ses fesses, et la douleur lui arracha une exclamation. Un deuxième coup tomba, puis un autre. Les larmes lui montèrent aux yeux et elle fit de son mieux pour ne pas pleurer, affligée par l'humiliation d'être à demi nue et fessée par son employeur, mais déterminée à rester impassible. Quand il eut fait deux aller-retour de bas en haut sur ses fesses, la douleur devint insupportable. Elle commençait à danser d'un pied sur l'autre, sursautant et tentant de se dérober tout en poussant de petits sanglots. Elle sentit alors une main ferme dans le creux de ses reins pour la maintenir en place. Elle se sentit encore plus châtiée, comme si en bougeant, elle avait échoué à recevoir sa punition comme il le fallait.

La lanière de cuir continuait de siffler dans les airs, sa morsure cinglante lui arrachant désormais des larmes qui coulaient librement sur le bureau. Lorsque le colonel frappa l'arrière de ses cuisses, elle faillit hurler. Encore et encore, il mania son fouet jusqu'à ce qu'elle sanglote ouvertement. Ses fesses étaient en feu en surface, endolorie jusque dans leur chair. Enfin, elle réalisa que les coups avaient cessé et elle commença à se relever, mais le colonel la remit en place.

— Je n'ai pas terminé, dit-il. Il m'a simplement semblé que vous aviez besoin d'une pause.

Elle ignorait si elle devait éprouver de la reconnaissance

ou le maudire de n'en avoir pas terminé avec elle. Elle resta immobile, prostrée sur le bureau, les jambes flageolantes, le visage baigné de larmes et ses fesses meurtries toujours dévoilées à son employeur. Elle tenta de ravaler ses pleurs, mais parvint seulement à émettre des grognements gênants.

— Allons, allons, dit-il.

La main dans son dos bougea légèrement, comme pour la réconforter.

Elle cessa de lutter et s'autorisa à pleurer. Elle frotta ses fesses en feu à deux mains. Elle ne sut pas combien de temps s'était écoulé avant qu'il se racle la gorge, ce qu'elle prit pour un avertissement que la punition allait reprendre. Comme ses mains couvraient toujours son derrière endolori, il saisit l'un de ses poignets avec douceur et lui releva le bras, tendu devant elle. Il répéta son geste avec sa deuxième main de manière à ce qu'elle soit couchée à plat sur le bureau, les mains à l'autre extrémité du bureau. Elle referma les doigts sur le bord en bois lorsque le cuir s'abattit de nouveau sur elle. Elle cria aussitôt ; la douleur sur sa chair déjà meurtrie était insupportable. Il marqua une pause, comme si son hurlement l'avait fait hésiter. Puis il lui donna trois coups supplémentaires et s'arrêta. Elle priait pour qu'il en ait vraiment fini, cette fois. Apparemment, c'était le cas, car elle sentit sa main quitter son dos pour replacer ses jupons sur ses fesses brûlantes. Elle poussa un sifflement de douleur en sentant le tissu rêche sur sa peau irritée.

Elle resta penchée, tentant de se calmer, ne souhaitant pas montrer son visage. Un mouchoir fut pressé contre sa paume et elle enfouit son visage dedans pour pleurer jusqu'à s'être vidée de toutes ses larmes. Lorsque ses sanglots s'apaisèrent, elle sentit une grande main chaude la saisir par la nuque avec douceur pour la relever. Elle était raide, et il la laissa se redresser lentement, et quand il la fit pivoter vers lui, elle garda le mouchoir sur son visage pour ne pas le voir et ne pas être vue. À sa grande surprise, il la serra contre son torse large. C'était un homme musclé, assez grand pour que la tête de Mandy se trouve sous son menton sans qu'elle se penche. Elle eut encore quelques sanglots, puis elle se blottit dans l'étreinte réconfortante qu'il lui offrait, reconnaissante pour cette petite preuve de gentillesse après une punition effroyable.

Il sentait le propre, un mélange de savon et de cèdre, et elle sentait les muscles fermes de sa poitrine contre son visage. Il la tenait toujours par la nuque, comme un chaton, mais elle se sentait enveloppée par sa force. Elle se souvint de la manière dont il avait pris les choses en main, la veille. Calme, efficace, et compétent dans l'urgence. En dépit de la douleur et de l'humiliation qu'elle venait de subir, elle ne put s'empêcher d'être émoustillée par le colonel Watson.

～

Il n'avait pas prévu d'étreindre Miss Downy. Enfin, techniquement, il ne l'étreignait pas, étant donné qu'il la tenait simplement par la nuque. Il avait très envie cependant de l'entourer de ses bras afin de la réconforter et de la rassurer. La punir s'était avéré beaucoup plus difficile qu'il l'avait anticipé. Il avait réalisé qu'il n'avait aucunement envie de la faire souffrir. Au début, la vue de ses fesses nues l'avait excité, car leur chair frémissante était encore plus appétissante qu'il l'avait imaginé, mais cette émotion s'était vite envolée lorsqu'il avait entendu la pauvre jeune femme sangloter. Sa douleur l'avait tant marqué qu'il avait coupé court au châtiment.

C'était pareil avec Gracie, feu son épouse. La punir pour de graves infractions (ce qui n'était arrivé que deux fois) avait été l'une des tâches les plus difficiles de sa vie. Étrange qu'il éprouve la même chose avec la nouvelle gouvernante, qu'il ne connaissait que depuis vingt-quatre heures. Pourtant, voir ses larmes le chagrinait.

Quand elle se fut reprise, il leva son visage vers lui.

— Je veux que vous me promettiez de ne plus jamais me mentir, dit-il d'une voix douce.

Les épais cheveux de Miss Downy avaient échappé à leurs épingles durant la correction, et une mèche brune et soyeuse lui tombait sur le visage. Sa lèvre inférieure tremblotait, et il ne put s'empêcher de la contempler, fasciné par sa bouche pulpeuse, ses lèvres couleur framboise. Il aurait dû la lâcher, mais il garda la main sur sa nuque fine pour la garder auprès de lui. Sans cela, elle aurait sûrement fait un pas ou deux en arrière, et il s'apercevait qu'il ne voulait pas être séparé d'elle.

— Je vous le promets.

— Je vous mets à l'essai durant trois mois, Miss Downy. Si à la fin de cette période, vous m'avez prouvé que vous êtes une gouvernante compétente et digne de confiance, vous pourrez rester.

Cette déclaration sembla la démoraliser. Elle baissa les épaules et prit un air désespéré qui lui causa une nouvelle pointe de culpabilité. Elle devait se faire un sang d'encre pour sa situation financière.

— Miss Downy, pour quelle raison avez-vous dû demander une avance sur salaire afin de rendre visite à votre mère ? Qu'aviez-vous fait de vos rémunérations des mois précédents ?

Elle pâlit, comme si elle craignait d'être punie pour sa dette, à présent. Elle résista à l'envie de lui caresser la joue. La tension qui montait en lui à cause de sa main sur la nuque de la jeune femme était déjà sur le point d'exploser.

— Notre déménagement nous a endettées, répondit-elle. Le cousin qui a pris possession de notre maison nous a facturé un loyer pour le mois que nous avons mis à nous organiser avant de partir.

Elle parlait avec amertume, et il se souvint de ce qu'elle avait dit à propos de cet homme la veille.

— Votre salaire servait donc à rembourser votre cousin ?

Elle hocha la tête.

— En effet, Monsieur. Et à aider ma mère ainsi que la famille qui l'a accueillie.

— J'efface votre dette envers nous pour cette avance. Et je vous fournirai la somme nécessaire dès que vous rendrez visite à votre mère souffrante.

Elle semblait émue.

— Merci Monsieur, dit-elle d'une petite voix pleine de gratitude.

Sans réfléchir, il saisit la mèche de cheveux qui s'était libérée et l'épingla d'un geste adroit. Elle sembla surprise, et ce fut seulement à cet instant qu'il réalisa que son geste avait été trop intime. Même si la façon dont il la maintenait contre son torse l'était déjà.

Il fit un pas en arrière. Cette jeune femme avait un effet enivrant sur lui.

— Et si vous alliez vous coucher, à présent ? suggéra-t-il avec raideur.

Son ton donnait plus l'impression d'un ordre que d'une question. Visiblement, il était resté trop longtemps dans l'armée pour parler avec douceur aux dames.

Elle lui fit la révérence.

— Merci Monsieur le Colonel.

Il la regarda quitter la pièce d'un pas raide, et il ressentit une étrange agitation. Il alla se servir un brandy, qu'il fit tourner dans son verre avant de le siroter. Il ne ressentait absolument pas ces choses parce que la nouvelle gouvernante lui plaisait. Ça aurait été inacceptable.

~

Le lendemain matin, ses fesses étaient endolories, et d'après ce qu'elle voyait en se retournant, elles étaient toujours couvertes de marques rouges. Elle s'était couchée sur le ventre et s'était repassé la scène avec le colonel encore et encore.

À présent, elle craignait de le revoir. Elle était terriblement gênée qu'il ait vu ses fesses nues et qu'il l'ait fouettée. Le colonel avait beau s'être comporté avec galanterie en lui offrant un mouchoir et même une étreinte réconfortante, l'expérience avait été humiliante. Sa mise à l'essai l'inquiétait également. Se montrerait-il intransigeant ? Elle avait désespérément besoin de ce poste. Elle se demanda si elle devait se mettre en quête d'une autre place.

Elle fit sa toilette et s'habilla avant de descendre au son de la cloche du petit-déjeuner. Le colonel était déjà assis à table et lisait le *London Daily Journal*, le visage caché derrière ses pages. Le simple fait de le revoir la fit rougir. Elle entendit les voix joyeuses des enfants et se rendit au pied des escaliers tandis qu'ils descendaient avec Julie.

— *Bonjour les enfants*, les salua-t-elle.

— *Bonjour Mademoiselle*, répondit Rosie d'un air radieux.

Tom répéta la même chose, en veillant à prononcer toutes les syllabes de « mademoiselle » en bon français.

— Ils peuvent manger avec moi dans la salle, dit Mandy à leur nourrice, qui sourit en guise de remerciement.

— Parfait ! Je vous retrouve après le déjeuner, dans ce cas, dit-elle, sûrement impatiente de s'éclipser avec Lenny, le cocher.

Mandy prit la petite main de Tom dans la sienne et l'écouta résumer les activités de la veille à toute allure.

— Peut-on retourner au parc aujourd'hui *Mademoiselle* ? S'il vous plaît ?

— Tom, c'est Papa qui nous a emmenés au parc, c'est à lui que tu dois poser la question, lui dit sa sœur avec une grande autorité.

— C'est vrai, confirma Mandy.

Tom se précipita dans la salle à manger, puis ralentit timidement le pas lorsqu'il arriva aux côtés de son père. Le colonel posa son journal et regarda son fils.

— Bonjour, Tom.

Tom baissa légèrement la tête. Puis il se retourna et rejoignit Mandy en courant, la tirant par la main pour affronter son père. Elle protesta quelque peu, mais se laissa entraîner. Une fois aux côtés du colonel, celui-ci les regarda patiemment. Tom glissa les bras autour des jambes de Mandy et s'y accrocha fermement.

— Vouliez-vous demander quelque chose à votre père, Tom ? l'encouragea-t-elle.

Le petit garçon se tourna vers elle pour implorer son aide.

— Allez-y. Demandez-lui. Sinon, asseyez-vous pour le petit-déjeuner.

Elle ne poserait pas la question au colonel à sa place. Elle ne voulait pas que son employeur croie que la requête venait d'elle, et ne souhaitait pas non plus devenir une messagère, une barrière entre les enfants et leur père. Tom resta planté là encore un moment, puis il tourna les talons et alla s'asseoir à table. Elle pouvait le comprendre. Elle aussi perdait ses moyens face au visage sévère du colonel. Lui arrivait-il de sourire ? Elle s'assit avec précaution, tentant de ne pas grimacer à cause de la douleur et priant par-dessus tout pour que personne ne l'observe.

Miss Watson et Mrs James avaient pris place, et le pain grillé, le beurre et la confiture étaient déjà posés sur la table. Une jeune-fille entra avec une assiette d'œufs pochés qu'elle posa devant le colonel. Lorsqu'il la lui tendit, Mandy ne parvint pas à affronter son regard ; elle se concentra plutôt sur l'assiette, et elle se servit ainsi que les enfants.

Dans le but d'oublier sa gêne, elle demanda en français à ses protégés :

— *Où met-on sa serviette ?*

— *Je sais !* répondit Rosie en plaçant la sienne sur ses genoux.

Tom ne semblait pas avoir compris.

— *La serviette ? La serviette, Tom ?* insista-t-elle.

Rosie se pencha sur son frère pour l'aider, et Mandy adressa un clin d'œil à la petite fille. Tandis qu'elle se tournait vers son assiette, elle vit que le colonel l'observait d'un air chaleureux, mais lorsqu'il surprit son regard, son expression se figea de nouveau.

— Un bal public est donné à North Park ce soir, Charles, peux-tu nous y conduire ? demanda Miss Watson.

Le colonel se tourna vers le visage enthousiaste de sa sœur.

— Oui, répondit-il d'un ton bref avant de se mettre à manger.

Il était taciturne, ce qui expliquait peut-être pourquoi Miss Watson parlait pour deux. Elle se mit à détailler à Mrs James la robe qu'elle comptait porter.

— Tu commenceras par danser avec Miss Binghamton, dit-elle ensuite à son frère.

Miss Binghamton était sa meilleure amie, une fille snob et écervelée que Mandy ne pouvait pas supporter.

— Elle attendait ton retour avec impatience et m'a dit qu'elle espérait que tu danserais avec elle.

Le colonel ne semblait pas écouter sa sœur.

— Charles ? insista-t-elle d'un ton sec. Tu danseras avec Miss Binghamton avant toutes les autres, n'est-ce pas ?

Il s'essuya la bouche avec sa serviette.

— Je comptais inviter Miss Downy pour la première danse, répondit-il simplement.

Le cœur de Mandy s'arrêta et elle sentit son visage devenir brûlant. Miss Watson ne l'avait encore jamais conviée à un bal. Elle osa un regard en direction du colonel, mais il était tourné vers sa sœur.

Miss Watson était incrédule.

— Oh. Vous venez, Miss Downy ?

— Eh bien, je ne sais pas, dit-elle, gênée.

— Pourquoi ne viendriez-vous pas ? s'enquit le colonel sans ambages.

— Je n'ai pas vraiment été conviée, répondit-elle en veillant à ne pas prendre un ton amer.

Le colonel jeta un regard à sa sœur, et Mandy crut y détecter un reproche.

— Vous êtes invitée, dit-il d'un air impassible.

— Bon, alors c'est d'accord.

Elle était doublement ravie : d'abord parce que Miss Watson recevait enfin une leçon de bonnes manières de la part de son frère (en tant que dame et non domestique, Mandy aurait dû être invitée aux bals depuis le début), et deuxièmement, parce que le colonel souhaitait danser avec elle, bien que cette idée lui fît peur en plus de l'enthousiasmer.

Elle passa la journée à penser au bal. Elle se montra distraite durant les leçons des enfants. Elle n'écoutait Rosie que d'une oreille, oubliant parfois de corriger ses erreurs, et lorsque Tom se lassa de sa leçon d'arithmétique, elle céda trop facilement et emmena les enfants se promener dehors. Elle alternait entre l'inquiétude à l'idée de danser avec le colonel Watson après la scène de la veille et la réjouissance à la perspective de pouvoir refaire son entrée dans la société. Elle songea longuement à la tenue qu'elle pourrait porter au bal et se demanda s'il lui donnerait une occasion de rencontrer un prétendant convenable.

Le soir venu, elle enfila l'une de ses plus belles robes, en soie lavande, et releva ses cheveux bruns avec des épingles, les laissant retomber en ondulations épaisses derrière sa tête. Elle jeta un coup d'œil dans le minuscule miroir qu'elle possédait et se pinça les joues. Sa sœur et elle avaient le visage de leur mère : teint pâle et yeux gris. Leur père disait souvent qu'elles ressemblaient à des poupées de porcelaine. Sa mère et sa sœur avaient des cheveux fins châtain clair, mais elle avait hérité de la crinière brune de son père. Elle s'assura que les mèches du devant étaient bien fixées avant de descendre pour attendre les autres au salon. Miss Watson et Mrs James arrivèrent en gloussant, toutes deux parées de leurs plus beaux atours.

Miss Watson l'examina d'un œil critique.

— En voilà une jolie robe. Dommage qu'elle soit passée de mode.

— C'était une impolitesse, Lucinda, commenta une voix calme et masculine derrière elles.

Le colonel passa devant elles d'un pas vif et ouvrit la porte, tendant le bras pour les mener dans la rue où les attendait la calèche. Ils se serrèrent à l'intérieur, Miss Watson assise à côté de Mrs James tandis que Mandy prenait place à côté du colonel. Elle se surprit à admirer ses cuisses épaisses, songeant qu'elles devaient être aussi fortes et musclées que son torse. Elle fut soudain impatiente de danser avec lui et regretta presque qu'il n'en ait pas parlé avant le bal, car alors que l'heure approchait, son trac montait. Comment allait-elle faire pour passer trente longues minutes en contact avec le colonel, son employeur qui l'avait penchée sur son bureau et l'avait fouettée impitoyablement ?

~

Échanger des salutations avec les membres de la haute société londonienne n'était pas ce qu'il préférait. Hélas, après près d'un an d'absence, tout le monde souhaitait s'attirer ses attentions. Il avait eu beau inviter Miss Downy lors du petit-déjeuner, il n'eut pas le temps de signer son carnet de bal car elle disparut aussitôt, et en un clin d'œil, il se retrouva à promettre les trois premières danses à des jeunes femmes dont les mères ou les sœurs entreprenantes exercèrent leur influence sur lui. La première fut celle que lui avait choisie Lucinda, Miss Binghamton, une parfaite écervelée.

Tandis qu'il dansait avec elle, il aperçut Miss Downy, debout près de la table des rafraîchissements comme pour se faire discrète. La pauvre ne connaissait personne. Sa sœur avait été une très mauvaise hôtesse avec leur gouvernante, en ne l'invitant à aucun bal ou à rendre visite à ses amies.

Miss Binghamton était particulièrement charmeuse, souriant et battant des cils. D'après ce qu'il voyait, Lucinda faisait de même avec son cavalier et se montrait aussi séductrice qu'une jeune femme pouvait se permettre de l'être. Il en fut très choqué et ressentit de la colère envers Mrs James, dont les devoirs de chaperon passaient avant ses attributions de dame de compagnie. Comment pouvait-elle croire que ce genre de comportement était acceptable ? Il espérait que Lucinda n'avait rien fait de scandaleux en son absence.

Une fois les trois premières danses qu'il avait promises terminées, il se dirigea vers Miss Downy, qui n'avait pas bougé et sirotait un verre de punch.

— Vous voilà. Vous vous cachiez ? demanda-t-il en apparaissant derrière elle.

Surprise, elle sursauta et renversa un peu de punch sur l'avant de sa robe.

— Oh, non, gémit-elle.

Cela lui fit de la peine, car il savait que ce genre de choses avaient leur importance pour les jeunes filles lors des bals. Il lui tendit son mouchoir, ce qui parut la troubler davantage. Elle tamponna le punch, sans réel succès, et lui rendit le mouchoir avec un soupir. Il arracha ses yeux du buste de sa robe pour étouffer le désir qui refaisait surface en lui.

— Je n'ai pas encore eu l'occasion de signer votre carnet de bal. Même s'il me semble que vous n'avez jamais accepté de danser avec moi, ce matin.

Une jolie rougeur colora ses joues.

— Oh, je... bredouilla-t-elle. Je ne sais pas...

Il lui présenta son bras.

— J'insiste.

Avec un petit sourire, elle haussa les épaules.

— C'est vous le maître, dit-elle d'un ton léger.

Il rit, ravi de constater qu'elle avait le sens de l'humour. Sur la piste de danse, cependant, elle ne dit pas un mot et ne lui adressa pas un regard. Il aurait juré qu'elle avait rougi sans discontinuer. C'était plutôt charmant, à dire vrai. Son innocence était touchante, bien que le petit diable sur son épaule l'encourageât à l'en défaire.

— J'espère que ma punition ne vous empêche pas de me regarder dans les yeux, dit-il d'un ton un peu taquin.

Elle leva brusquement la tête pour croiser son regard, surprise.

— De vous regarder, non, mais de m'asseoir, certainement, répliqua-t-elle avec ironie.

Sa répartie le fit rire.

— Très bien, ça me va.

Il examina la salle de bal, cherchant un sujet de conversation. Ses yeux se posèrent sur sa sœur, qu'il observa quelques instants.

— Ma sœur est-elle toujours aussi… séductrice avec les hommes ?

Miss Downy jeta un regard avec Lucinda, puis sembla hésiter.

— La *vérité*, Miss Downy, insista-t-il avec une note d'avertissement dans la voix pour lui rappeler la promesse qu'elle lui avait faite la veille.

Elle rougit de nouveau joliment.

— Oui, je crois, répondit-elle avec réticence.

Il hocha la tête.

— Je me suis absenté trop longtemps.

— Dans combien de temps devrez-vous repartir ?

— J'ai pris ma retraite. Bien sûr, je pensais également avoir pris ma retraite la dernière fois, puis l'on m'a rappelé en Birmanie.

— La guerre anglo-birmane est-elle résolue ?

Il secoua la tête.

— Non, mais j'ai fait ce que je pouvais. L'armée avait besoin de mon aide pour former les soldats et mettre au point des stratégies. Je leur ai promis une année supplémentaire, pas une de plus.

— Je vois.

— Je pense que quitter Londres était peut-être une erreur.

Elle le regarda avec curiosité.

— Je ne crois pas que Mrs James soit une compagne convenable pour ma sœur, et la gouvernante qui vous a précédée n'était pas à la hauteur, poursuivit-il avec un soupir. De toute évidence, mon avocat ne s'est pas montré méticuleux en vous engageant, sinon il aurait découvert que vous aviez falsifié vos références.

Elle s'empourpra et baissa les yeux. Elle semblait en colère.

Le cœur de Charles se serra. Il ne voulait pas l'humilier.

— Non que je regrette son choix, ajouta-t-il afin de la rassurer.

Elle serra les mâchoires.

— Non, je ne regrette pas du tout. Je suis ravi de son erreur. Je voulais simplement dire qu'il ne s'est pas acquitté de ses devoirs comme je l'aurais souhaité.

Elle détourna les yeux de manière appuyée.

Bon sang. Il n'avait pas l'intention de l'offenser.

La musique s'arrêta.

— Merci pour cette danse, bredouilla-t-elle sans le regarder en s'éloignant précipitamment.

Mandy se rendit au salon, soulagée de pouvoir échapper à son employeur acariâtre. Elle ne survivrait jamais à sa période d'essai. Cet homme était insupportable. Dire qu'il l'avait fouettée comme une vulgaire domestique et qu'il s'en vantait à présent devant elle ! Elle devait chercher un nouveau poste dès maintenant afin d'avoir une alternative s'il décidait de ne pas la garder. Oui, dès demain, elle demanderait à emprunter son journal afin de consulter les petites annonces. Cette résolution la rassura quelque peu. Se disant qu'elle avait besoin de prendre l'air, elle se dirigeait vers la porte quand elle entendit son nom.

— Miss Downy ? dit une voix masculine.

Elle se retourna, perplexe. Elle avait beau connaître les hommes qui rendaient visite à Miss Watson, elle doutait qu'ils aient retenu son nom. Elle regarda derrière elle et reconnut son compagnon d'infortune.

— Mr Bartlby, quel plaisir de vous revoir, mentit-elle.

En réalité, elle aurait préféré ne plus jamais le voir. C'était son alcool qui lui avait délié la langue et l'avait poussée à dire bien des choses qu'elle n'aurait révélé à personne autrement. Et elle n'avait aucune envie de retrouver celui qui avait entendu ses secrets les plus intimes en cet instant. Jamais, même.

— Tout le plaisir est pour moi, dit-il. M'accordez-vous cette danse ?

— J'allais justement prendre l'air.

— Je me joins à vous.

À ces mots, elle paniqua. Elle n'avait aucunement l'intention de se promener sur la terrasse avec Mr Bartlby.

— Tout bien réfléchi, une danse ne me ferait pas de mal, parvint-elle à dire en saisissant son bras.

Radieux, il la mena sur la piste de danse. Elle vit le colonel, qui dansait avec une beauté, et elle songea avec mécontentement qu'elle était beaucoup trop jeune pour lui. Lorsque les deux couples se croisèrent sur la piste, il la regarda, puis examina son cavalier avec son éternel air indéchiffrable. Elle eut honte en songeant que le colonel l'avait vu boire et se confier ouvertement à cet homme. Après la danse, elle lui en refusa une deuxième, mais son prétendant était inflexible. Il la suivit jusqu'à une table et resta assis à ses côtés le reste de la soirée.

— Dites, ne serait-ce pas le colonel qui était dans notre calèche ? demanda Bartlby.

— Si, répondit-elle d'un ton éteint.

Elle n'avait pas envie de lui révéler que le colonel était en fait son employeur, mais il était sûrement idiot de dissimuler la vérité.

— Il s'est avéré que le colonel est mon employeur.

Il la regarda avec des yeux ronds, réalisant probablement la gaffe qu'elle avait commise.

— Non ! s'exclama-t-il d'un ton scandalisé.

Visiblement ravi de ce coup de théâtre, il se pencha vers elle avec des airs de conspirateur et demanda :

— Alors, qu'a-t-il dit ?

Elle n'avait pas l'intention de lui raconter que le colonel l'avait penchée sur son bureau pour fouetter ses fesses nues avec une lanière de cuir.

— Eh bien, il n'était pas content. Mais il a décidé de me garder, à l'essai.

— Vous avez eu de la chance.

— En effet.

À cet instant, elle vit le colonel lui jeter un regard appuyé à l'autre bout de la salle, lui annonçant sans un mot qu'il était prêt à partir. Miss Watson et Mrs James se tenaient à ses côtés, et il paraissait agacé.

— Oh, je crois qu'il est l'heure pour moi de partir ! dit-elle en bondissant sur ses pieds. Ravie de vous avoir revu, Mr Bartlby.

— Tout le plaisir était pour moi. Attendez… puis-je vous rendre visite ? lança-t-il alors qu'elle s'éloignait d'un pas pressé.

— Navrée, je dois partir ! répondit-elle impoliment par-dessus son épaule.

Le visage du colonel était de glace. Miss Watson et Mrs James avaient elles aussi l'air sombre. Ils restèrent presque muets durant le trajet en calèche.

Agitée et troublée, Mandy alla voir les enfants avant de se retirer pour la nuit. Allongée dans son lit, elle écouta les voix et les bruits de pas se taire peu à peu tandis que la maisonnée se couchait. Puis elle entendit la voix grave d'un homme dans l'une des chambres de son couloir. Elle n'avait rien à y faire, car les quartiers du colonel se trouvaient à l'autre bout de la maison. Elle tendit l'oreille et crut entendre quelqu'un pousser un cri. Celui-ci semblait provenir de la chambre de Miss Watson.

Abasourdie, Mandy crut d'abord, scandalisée, que Miss Watson y avait accueilli un homme. Mais qui ? Et comment ? Son cœur s'emballa alors qu'elle se demandait si elle devait en informer le colonel. Mais en écoutant attentivement, elle réalisa finalement que les sons qui lui parvenaient lui étaient familiers, après son calvaire de la veille. Il s'agissait du claquement du cuir sur la chair nu et des cris d'une jeune femme que l'on punissait. Le colonel était en train de *fouetter sa sœur.*

Elle réalisa avec consternation que si elle parvenait à entendre la punition de Lucinda, il y avait de bonnes chances pour que la maisonnée ait entendu la sienne. Cette idée la faisait mourir de honte. Elle repensa à cette expérience intense et douloureuse. Une chaleur grandit dans le bas de son ventre et un frisson lui parcourut l'échine. Quelque chose dans la façon autoritaire dont le colonel avait manié son fouet excitait une part traîtresse de Mandy. Une autre part d'elle, au contraire, trouvait cela absolument barbare. Mais après tout, il s'agissait d'un militaire. Elle l'imagina en Birmanie, en train de donner des ordres aux soldats. Avait-il eu des femmes sous son autorité, là-bas ? Une jalousie brûlante l'envahit.

Elle laissa ses doigts s'aventurer entre ses jambes et se caressa lentement, surprise de découvrir qu'elle était plus mouillée que d'habitude. Elle prit une inspiration tremblante en repensant au torse musclé du colonel contre sa joue, à sa main assurée sur sa nuque. Et s'il la punissait dans sa chambre ? Sur ce lit ? Elle chassa les draps d'un coup de pied, soudain fiévreuse. Ses doigts plongèrent dans ses replis trempés, visitèrent son entrée pleine de désir. Elle roula sur le ventre et souleva sa chemise de nuit pour exposer ses fesses nues. Elle s'imagina couchée devant lui, sa chair frémissante attendant la douleur cruelle de sa lanière de cuir. Elle poussa le bassin contre le matelas, plongeant profondément le majeur et l'index en elle tandis que sa paume ondulait sur la zone sensible au-dessus. Comment la réconforterait-il après l'avoir fouettée dans sa chambre ? D'une main dans le dos ? À l'arrière de ses cuisses nues ? *Sur ses fesses* ? Elle retint son souffle alors que l'orgasme la parcourait, et elle serra les jambes, se frottant à sa main et contractant ses fesses toujours endolories afin de revivre la douleur de sa punition de la manière la plus délectable. Elle resta figée ainsi un long moment, haletante, étourdie. Puis elle se détendit lentement et libéra ses doigts pris de crampes, honteuses d'avoir imaginé une telle scène.

CHAPITRE TROIS

— $\mathcal{N}$ous nous rendrons dans notre maison de campagne demain Mesdames, alors je vous prie de faire vos bagages et de vous organiser en consé-quence, annonça Charles lors du petit-déjeuner du lendemain.

Il était déterminé à mettre de l'ordre dans sa maisonnée. Il avait puni Lucinda après le bal à cause de son comporte-ment scandaleux, et il comptait à présent l'éloigner de Londres quelque temps, jusqu'à avoir la certitude qu'elle était capable de se comporter en dame de la haute société.

— Quoi ? protesta Lucinda d'une voix choquée. Charles, non ! Il n'y a rien à faire à la campagne, ni bals ni visites… rien !

— Attention, Lucinda, dit-il d'un ton menaçant.

Elle eut l'élégance de rougir. Miss Downy le regardait avec de grands et beaux yeux gris et Mrs James semblait sidé-rée. Quand ils eurent fini de manger, il s'éclaircit la gorge.

— Mrs James, dans mon bureau, je vous prie.

Elle le suivit et il lui montra une chaise. Cette femme ne valait pas la peine qu'il la punisse. Il lui fit part de sa déception concernant son travail puis la renvoya sommairement. La dame de compagnie fondit en larmes et se précipita dans sa chambre. Ensuite, il demanda aux domestiques de préparer leur départ.

À la même heure le lendemain, il avait transféré sa famille dans leur manoir de campagne, convaincu qu'ils étaient au bon endroit. Quand tout le monde fut installé, il se rendit aux écuries, impatient de rendre visite aux chevaux qu'il n'avait pas vus depuis qu'il avait quitté le pays. Il fut surpris de constater qu'un autre membre de la maisonnée avait décidé de s'y rendre avant lui.

— Miss Downy !

Elle poussa une exclamation et pivota, l'air mal à l'aise.

— Aimez-vous l'équitation ?

— Oui, bien sûr, répondit-elle, confuse. Vos chevaux sont magnifiques.

Il sourit. Il aimait la façon dont elle avait dit le mot « magnifiques ». Sa voix légèrement voilée lui faisait bouillonner le sang. Et quand elle parlait français... il se reprit et tourna son attention sur les chevaux.

— Oui, je suis fier d'eux, sans exception, dit-il.

Il observa Miss Downy. Elle montait sans doute à la perfection, comme tout ce qu'elle faisait. Elle avait reçu une excellente éducation, c'était certain.

— Vous chevauchez bien ?

— Plutôt bien, répondit-elle avec modestie. Très bien, je suppose. M'autorisez-vous à monter l'un d'eux ?

Elle prenait toujours des pincettes avec lui, et d'un côté, il était satisfait du respect qu'elle lui témoignait, tandis que de l'autre, il aurait aimé qu'elle use du charme dont elle lui avait donné un aperçu au bal, avant qu'il la mette en colère. Elle lui jeta un coup d'œil et leurs regards s'aimantèrent. Ses étonnants iris gris retinrent les siens prisonniers jusqu'à ce qu'une vague de chaleur déferle sur ses sens.

Il fit un pas vers elle.

— Bien entendu, vous pouvez chevaucher quand vous le souhaitez.

Elle lui sourit. Un sourire timide, doux et reconnaissant qui lui illuminait le visage.

— Merci, colonel. Les enfants montent également ?

Il secoua la tête.

— Hélas non. Je n'étais pas présent pour le leur apprendre en personne et je ne me fiais à personne d'autre.

— Peut-être vous fierez-vous à moi, dit-elle.

— Peut-être bien. Mais je ne les quitterai plus, et j'en suis ravi.

— Oui, bien entendu, dit-elle aussitôt. Tout à fait.

— Souhaitez-vous monter maintenant ?

— Maintenant ? répéta-t-elle, surprise. Eh bien… oui, avec plaisir !

Son sourire était à couper le souffle. Soudain, il se dit qu'il ferait n'importe quoi pour revoir cette expression plus souvent. Satisfaire Miss Downy venait de prendre la première place sur la liste de ses priorités.

Il ordonna au palefrenier de seller deux chevaux, et bien vite, ils se mirent à trotter. Miss Downy chevauchait en amazone Pina, la jument pie, et lui montait Banto, un grand étalon bai. Elle le suivit pendant qu'il ouvrait la marche, lentement d'abord pour lui montrer les lieux et lui faire visiter sa propriété familiale. Il avait grandi là et aimait profondément ce domaine. Il réalisa qu'il voulait tout lui montrer : le ruisseau glougloutant qui traversait la propriété, la forêt qui la bordait d'un côté. La prairie luxuriante, parsemée de fleurs des champs. Il fut ravi de son enthousiasme, de ses « comme c'est joli ! » et ses « regardez donc ceci ! » ainsi que de la façon dont ses cheveux épais et ondulés bondissaient alors qu'elle chevauchait.

Il huma l'air de la campagne et se laissa porter par le trot tranquille de sa monture. Même Miss Downy semblait se détendre. Il ne l'avait encore jamais vue aussi à l'aise et comblée... non qu'il la connût depuis longtemps.

Au retour, il lança son cheval au galop et demanda à Miss Downy d'ouvrir la marche parce qu'il aimait la regarder. Elle partit au petit galop, agitant ses cheveux brillants, un sourire naturel et joyeux étirant son visage. Le plaisir de Charles tourna à la peur, cependant, lorsqu'elle fit faire une série de sauts à sa jument. Elle avait beau être experte, il sentit ses veines se glacer, et ce fut seulement quand elle les eut exécutés sans accroc qu'il se détendit de nouveau sur sa selle.

Une fois de retour aux écuries elle descendit, les joues roses et l'air heureux.

Il descendit à son tour et la saisit par les épaules.

— Miss Downy, si vous me refaites peur ainsi, je vous coucherai sur mes genoux et je vous fesserai jusqu'à ce que vous ayez la chair à vif !

Miss Downy le regarda d'un air perplexe. Elle s'empourpra, mais ses lèvres frémirent comme si elle cachait un sourire.

— Monsieur le colonel, avez-vous cru que j'étais en danger ?

Il secoua la tête avec réticence.

— Non. De toute évidence, vous êtes une excellente cavalière. Mais la prochaine fois, prévenez-moi avant de faire la maligne !

Le visage de la gouvernante se fendit d'un grand et beau sourire, et ses yeux virevoltèrent sur le visage de Charles.

— Je suppose que je faisais un peu la maligne, oui, admit-elle. Mais je puis vous assurer que je ne prends aucun risque inconsidéré.

— Veillez-y. Surtout avec mes enfants, dit-il d'un ton plus renfrogné qu'il ne l'avait voulu.

Le sourire de Miss Downy s'envola, et elle lui fit la révérence.

— Bien sûr, Monsieur le Colonel, murmura-t-elle, les traits crispés.

Elle tourna les talons et regagna le manoir à grands pas.

Avec un soupir, il se passa la main dans les cheveux tout en se maudissant d'être si prompt à offenser sa gouvernante. Cela valait mieux ainsi ; garder des distances appropriées avec elle était plus convenable. Mais dans ce cas, pourquoi était-il si déçu d'avoir perdu son sourire ?

Ce soir-là, le souper fut tendu. Lucinda ne décolérait pas, comme il s'y était attendu. Elle n'avait pas apprécié être arrachée à Londres et perdre sa dame de compagnie, tout comme elle n'avait pas aimé être fouettée après le bal. Il devait renouer un lien positif avec elle, mais il n'en avait pas encore eu l'occasion.

Pour le moment, elle regardait d'un air impatient Tom beurrer maladroitement son pain. Elle lança à Miss Downy d'un ton sec :

— Pourquoi n'aidez-vous donc pas ce pauvre enfant ?

— Car c'est en faisant qu'il gagnera en dextérité et non en observant, répondit la gouvernante d'un ton égal.

N'ayant rien à rétorquer, Miss Watson renifla, ce qui renfrogna Miss Downy. Lorsque cette dernière complimenta le cordon bleu, Lucinda lui sauta de nouveau à la gorge :

— Étant à moitié française, vous devez savoir cuisiner ce genre de plats ? demanda-t-elle avec condescendance.

Cette pique destinée à souligner son statut inférieur ne lui échappa pas.

— Non, répliqua la gouvernante. Je n'ai pas appris à cuisiner. Nous avions des domestiques pour cela.

— Oh, vraiment ? Comme cela doit vous paraître étrange de travailler, à présent.

C'était certainement trop proche de la vérité pour ne pas

la toucher, et Miss Downy serra la mâchoire, les oreilles rougissantes, les yeux rivés sur son assiette.

Charles lança un regard froid à sa sœur. Une autre « discussion » s'imposait.

~

— Je viens de coucher les enfants, dit Julie en passant la tête par la porte de Mandy. Jane et moi allons nous retrouver dans la cave pour discuter entre filles, si vous voulez vous joindre à nous.

Une discussion entre filles ? Elle ignorait en quoi cela consistait, mais cela valait mieux que de rester seule dans sa chambre. Elle referma son livre et sourit.

— Merci, avec plaisir, répondit-elle avant de suivre Julie.

Elle ne s'était encore jamais rendue dans la cave, mais de toute évidence, il s'agissait de la pièce où les domestiques pouvaient se détendre, loin des yeux de leur maître. La pièce était propre et confortable. Des caisses faisaient office de chaises et il y avait une carafe de bière et des verres. Jane, l'une des employées de cuisine, était en train de servir la bière lorsqu'elles arrivèrent, et elle s'interrompit en voyant Mandy.

— J'ai convié Miss Downy, expliqua Julie en chassant la touffe de boucles blond vénitien qui lui tombait sur le visage.

Jane lui jeta un regard curieux, mais finit par lui adresser un large sourire.

— Bienvenue, Miss Downy. Un peu de bière ?

— Merci de votre accueil. Et non merci, pas de bière.

Elle espérait ne pas sembler trop sérieuse, et elle se dit qu'elle n'aurait peut-être pas dû venir. Si elle se considérait comme une dame et pas une domestique, que faisait-elle là parmi elles ?

— Violet va venir aussi. Elle devrait déjà être là, d'ailleurs.

Comme si on l'avait sonnée, la porte de la cave s'ouvrit et Violet, la femme de chambre, descendit tranquillement l'escalier avec un grand sourire. Elle aussi s'arrêta net en apercevant Mandy, et Julie fut une nouvelle fois obligée d'expliquer sa présence.

— Alors, pourquoi cette précipitation pour quitter Londres à votre avis ? demanda Violet une fois rassurée.

— Je pense que Miss Watson a dû s'attirer des ennuis. Vous ne pensez pas, Miss Downy ?

L'estomac de Mandy se serra. Elle n'était pas à l'aise à l'idée de commérer au sujet de la famille. Elle secoua la tête.

— Non. Je ne pense pas qu'elle ait des ennuis.

— Vous avez vu cette histoire avec Mrs James ? lança Julie.

— Bien fait pour elle, déclara Violet. Elle s'est toujours montrée odieuse avec moi.

— Je suis bien d'accord. C'était une vraie conne, renchérit Julie d'un ton vif.

Mandy tenta de cacher le fait que ce mot, que ses oreilles n'avaient encore jamais entendu à haute voix, la scandalisait.

L'angoisse qu'elle s'était mise à éprouver dès qu'on lui avait proposé de la bière n'en devint que plus forte. Elle était en période d'essai, après tout. Que dirait son employeur s'il apprenait qu'elle avait pris part à cette petite conversation ?

— Que pensez-vous du colonel, Miss Downy ? Vous ne l'aviez encore jamais rencontré, n'est-ce pas ? s'enquit Julie.

À son grand dam, elle sentit qu'elle était en passe de rougir.

— Euh… je ne me suis pas encore vraiment fait d'opinion, bafouilla-t-elle.

— Il est très beau, non ?

— Oui, enfin, à condition d'aimer les militaires qui ne sourient jamais, répondit Mandy, d'un ton plus grincheux qu'elle ne l'aurait voulu.

Les deux jeunes femmes se mirent à glousser.

— Il souriait, quand Mrs Watson était toujours en vie, dit Violet.

Cela rendit Mandy encore plus grincheuse.

— Oh, c'est vrai ? demanda-t-elle d'un ton raide. Comment était-elle ?

— Oh, c'était un amour de femme. Absolument charmante. Toujours à nous remercier et à complimenter notre travail. C'était le genre de maîtresse pour laquelle on se plie en quatre, parce qu'elle nous donnait l'impression que nous lui rendions une vraie faveur.

Mandy se dit qu'elle n'aimait pas du tout cette femme parfaite.

— Comment est-elle morte ? s'enquit-elle, car sa curiosité prenait le dessus.

— D'une fièvre, il y a deux ans, répondit Julie.

— Le colonel était anéanti ?

— Oh que oui, dit Violet. Inconsolable, même. Le pauvre homme. Il n'est plus le même depuis, je trouve, pas toi, Jane ? Vous me passez la bière ?

Mandy lui tendit la cruche et en renversa une partie au passage. *Doux Jésus.* Il fallait absolument qu'elle s'en aille.

— En tout cas, moi, j'espère qu'on ne restera pas trop longtemps à la campagne, dit Julie. Je préfère Londres.

— Tu aimes surtout conter fleurette au cocher ! la taquina Jane.

— Oh, je pense qu'on rentrera bientôt. Miss Watson va se plaindre qu'elle s'ennuie à mourir sans ses bals et ses fêtes.

— Je pense que ces décisions ne reviennent plus à Miss Watson, intervint Mandy sans le vouloir.

Elle regretta aussitôt son commentaire acerbe. Se joindre aux ragots n'était pas convenable.

Les autres rirent.

— Vous avez bien raison, dit Julie avec un rictus. J'imagine que c'est pour ça qu'il nous traîne toutes à la campagne, non ?

Mandy ne voulait pas le lui confirmer, et elle ravala le petit sourire qui menaçait de lui tordre les lèvres.

— Bon, j'ai sommeil, dit-elle, espérant ainsi s'éclipser sans les blesser. Voulez-vous bien m'excuser ?

— Bien sûr, merci de vous être jointe à nous ! répondit Jane.

— Bonne nuit, lancèrent les deux autres en chœur.

Elle se leva et leur adressa un sourire amical avant de remonter les marches, en espérant ne pas sembler impatiente de les quitter. En ouvrant la porte de la cuisine, elle tomba nez à nez avec le colonel, debout là avec une tartine de pain à la confiture dans la main. Elle étouffa une exclamation, priant pour qu'il n'ait pas entendu leurs commérages.

～

— Où étiez-vous, Miss Downy ?

Elle venait d'émerger de la cave avec un air distinctement coupable.

Elle retint son souffle, puis répondit à la hâte :

— Dans la cave, je disais un mot à Julie.

Elle sentait la bière.

— Avez-vous bu ? s'enquit-il d'un ton soupçonneux, les yeux plissés.

— Absolument pas ! répliqua-t-elle en se redressant de toute sa hauteur.

Son indignation sonnait vrai. Il l'inspecta.

— Vous sentez la bière.

— Oh…

Confuse, elle baissa les yeux sur sa robe.

— Euh… je crois que j'en ai renversé un petit peu sur mes vêtements, bafouilla-t-elle.

Il pinça les lèvres.

— Qui se trouve en bas, à part Julie ?

Elle hésita. Elle ne semblait pas vouloir le lui dire.

— Vous m'avez promis de me dire la vérité, l'auriez-vous oublié ?

Elle secoua la tête et déglutit.

— Violet et Jane, avoua-t-elle.

Ses domestiques. Sans doute en train de cancaner au sujet de sa famille. Il était déçu que Miss Downy se soit jointe à elles. En fait, il était surpris de constater que cela le blessait presque.

— Dites-moi ce que vous faisiez réellement dans la cave, ordonna-t-il d'un air sombre.

Elle prit une grande inspiration et se mit à parler à toute vitesse :

— Eh bien, Julie est passée dans ma chambre une fois les enfants endormis et elle m'a invitée à descendre. J'ai accepté ; je ne savais pas à quoi m'attendre. J'ai vite réalisé mon erreur, mais j'ai mis un moment à m'éclipser poliment.

Elle lui jeta un regard implorant qui chassa l'irritation de Charles.

Il ravala un sourire.

— Je vois, dit-il avec douceur. Dans ce cas, je n'ai pas besoin de vous dire qu'il n'est pas convenable que vous passiez du temps dans la cave avec les domestiques ?

— Non, non. Bien sûr. Je comprends parfaitement, Monsieur le Colonel, et je vous présente mes excuses.

Elle paraissait soulagée.

— Très bien, dit-il. Bonne nuit.

Sans le vouloir, lorsqu'elle tourna les talons pour s'en aller, il lui donna une grande claque sur les fesses. Il se figea en réalisant qu'il n'aurait surtout pas dû faire une telle chose. Elle aussi s'était figée, mais elle ne se tourna pas vers lui. Elle reprit son chemin en direction de la porte et lui fit face une fois sur le seuil.

— Aviez-vous besoin d'aide en cuisine ? Voulez-vous que je vous prépare une tasse de thé ?

Il sentit ses oreilles s'échauffer.

— Merci, Miss Downy, ce ne sera pas nécessaire, répondit-il d'un ton raide.

Elle lui fit la révérence, et il aurait juré voir un petit sourire danser sur ses lèvres lorsqu'elle tourna les talons. Il s'assit et se prit la tête dans les mains. Pourquoi diable avait-il fait une telle chose ?

~

— Le temps semble assez clément pour une promenade, aujourd'hui, commenta Miss Watson à la table du petit-déjeuner.

Mandy avait envie de lever les yeux au ciel. Miss Watson ne mettait le nez dehors que quand le temps était idéal : ni trop chaud, ni trop froid, sans vent ni nuages de pluie.

— En êtes-vous certaine ? demanda-t-elle, incapable de dissimuler le sarcasme dans sa voix. Je crains qu'il y ait un petit nuage dans le ciel.

Elle n'avait pas pu s'en empêcher. Elle était devenue encore plus sensible aux humeurs de Miss Watson depuis leur arrivée au manoir, et à présent, elle se mettait sur la défensive dès que la jeune femme ouvrait la bouche.

D'ailleurs, avec ses efforts pour parer les attaques de Miss Watson et éviter les critiques du colonel, elle devenait elle-même très tendue.

Sa seule échappatoire était la marche, et elle profitait d'être à la campagne pour faire de longues promenades solitaires dans l'après-midi et savourer l'air pur et la nature. Elle venait de recevoir une lettre de sa sœur Anne, un courrier qu'on lui avait fait suivre depuis Londres. Anne avait beau ne pas se plaindre, Mandy savait lire entre les lignes et avait compris qu'elle n'était pas heureuse du tout à son nouveau poste. Elle semblait très seule et triste d'être loin de sa famille. Plus que jamais résolue à garder un emploi au cas où celui de sa sœur ne marcherait pas, Mandy avait envoyé plusieurs lettres de candidature à des postes de gouvernante. Si le colonel la renvoyait après sa période d'essai, elle aurait d'autres perspectives.

Durant sa promenade de l'après-midi, le ciel se couvrit. Pendant le déjeuner, le colonel lui avait conseillé de ne pas aller marcher à cause du risque de pluie, mais, déterminée à savourer son seul moment de paix, elle était quand même sortie. À présent, il s'avérait que le colonel avait vu juste. Elle courba les épaules sous les premières gouttes. Elle était toujours à bonne distance de la maison. Quand la pluie se mit à tomber pour de bon, elle s'arrêta et se réfugia sous un arbre pour attendre une accalmie. Au lieu de cela, le ciel libéra une énorme averse contre laquelle l'arbre qu'elle avait choisi ne pouvait pas grand-chose. Avec un soupir, elle abandonna l'idée de rester au sec et se remit en route, la tête baissée sous les grosses gouttes. Le bruit de la pluie frappant les feuilles des arbres et les flaques était si fort qu'elle ne remarqua pas le cheval et le cavalier qui approchaient jusqu'à ce qu'ils s'arrêtent juste devant elle.

— Miss Downy !

Elle leva les yeux, surprise.

— Colonel !

Il fit tourner son étalon afin de présenter son flanc gauche à Mandy.

— Que faites-vous sous la pluie ? lui demanda-t-elle, stupéfaite.

— Je vous cherchais !

Elle se sentit coupable de l'avoir obligé à venir la sauver. Elle aurait mieux fait d'écouter ses conseils. Le retiendrait-il contre elle ?

Il se pencha et la saisit par la taille, la soulevant sans peine pour l'asseoir devant lui sur la selle. Sa force lui coupa le souffle ; c'était un homme grand et musclé. Elle resta assise, toute raide, trop étonnée pour parler. Il avait un bras autour de sa taille et soutenait ses jambes de son genou gauche. Il la serra contre lui. C'était la première fois qu'elle était aussi proche d'un homme. Non, ce n'était pas vrai ; il y avait eu la fois où il l'avait étreinte après sa correction. Et la fois où il l'avait protégée de la chute de pierres après l'accident de calèche. Repenser à ces deux événements lui causa une drôle de sensation papillonnante dans le bas ventre.

— Vous êtes gelée ! lança-t-il d'un ton accusateur.

Elle grelottait, impossible de le nier. Elle bégaya :

— Non, tout va bien. Mais merci d'être venu me chercher, je vous en suis sincèrement reconnaissante.

Elle n'avait pas le courage de le regarder par-dessus son épaule, compte tenu de leur proximité.

— Je vous en prie. Diable, vous êtes vraiment frigorifiée. J'aurais dû apporter votre cape. Tenez, collez-vous à moi afin de vous réchauffer.

Lentement, avec hésitation, elle plaqua son dos à son torse large et se détendit contre son grand corps, bercée par le trot de l'étalon. Sa robe et son jupon trempés lui collaient au corps, ne créant aucune barrière entre elle et la chaleur du colonel contre son dos glacé.

— C'est mieux ainsi ? s'enquit-il, sa bouche si proche de son oreille qu'elle sentit son souffle chaud.

Sa voix était grave et rocailleuse. Elle l'avait trouvée bourrue, avant, mais à présent, elle lui semblait profondément masculine ; l'incarnation même de la force virile.

— Oui, parvint-elle à répondre.

Elle réalisa qu'elle avait oublié de l'appeler « Monsieur le Colonel » et se demanda pourquoi cela lui semblait si naturel. Il avait des bras solides qui l'enlaçaient tout en la soutenant et en guidant le cheval. La sensation était étrange. Être collée à un homme avec lequel elle aurait dû garder ses distances avait beau être gênant, elle se sentait à l'aise, protégée et choyée.

~

Au dîner, ce soir-là, Miss Watson la rabroua pour sa promenade :

— Je n'arrive pas à croire que vous soyez allée marcher alors que vous saviez qu'il allait pleuvoir.

— Tout le monde ne passe pas son temps à bouder parce que nous sommes à la campagne et loin de la bonne société londonienne, répliqua Mandy d'un ton cassant.

Elle avait passé une après-midi réconfortante à boire du chocolat chaud et à regarder la pluie couler sur les vitres avec les enfants, mais les mots de Miss Watson l'avaient piquée au vif.

— Ça suffit, intervint le colonel.

Il avait parlé avec douceur, sans même lever les yeux de son assiette, mais Mandy se glaça. Elle se tourna aussitôt vers lui. Il lui rendit son regard avec une expression lasse.

— Pardonnez-moi, murmura-t-elle.

À la fin du repas, le colonel dit :

— Miss Downy, dans mon bureau, je vous prie.

Le cœur de Mandy s'emballa. Était-il en colère qu'elle soit sortie malgré ses recommandations ? Ou qu'elle ait parlé à sa sœur d'un ton acerbe ? La peur lui donna la chair de poule tandis qu'elle le suivait.

La pièce ressemblait à celle de Londres, avec un bureau en noisetier volumineux en son centre et deux chaises en bois face à lui. Un canapé couvert de velours ainsi qu'un fauteuil moelleux se trouvaient à droite. Le colonel s'assit derrière son bureau et lui indiqua l'une des chaises face à lui. Elle s'installa, triturant son médaillon et le regardant avec impatience.

Il se contenta de l'observer un moment. Puis il déclara :

— Miss Downy, je réalise qu'en mon absence, ma sœur ne vous a pas accueilli avec la chaleur et l'amabilité appropriées.

Elle était ébahie. Jamais elle ne se serait attendue à une telle admission.

— J'espérais qu'elle en prendrait conscience par elle-même, mais si cela peut vous soulager, je lui ordonnerai de vous présenter des excuses.

— Oh, euh, non, ce ne sera pas nécessaire, bafouilla-t-elle, se sentant rougir.

Soudain, elle se sentit bête d'avoir entretenu un tel ressentiment. Elle se souvint qu'elle s'en était plainte, le soir de l'accident de calèche, et était convaincue que le colonel se rappelait son amertume.

— Je tiens à ce que vous sachiez que j'ai parlé de son comportement à Lucinda.

Il garda le silence un moment et continua de la dévisager. Elle ouvrit la bouche pour le remercier, mais il la fit taire d'un signe.

— Elle a fait des efforts toute la semaine, et désormais, il semblerait que *vous* soyez le problème.

Mandy n'arrivait plus à respirer. Elle sentit un courant froid et chaud lui traverser le corps. Elle était sans voix.

— Vivre avec vous deux est devenu désagréable pour moi. Je ne peux pas prendre mes repas en paix sans sentir la tension dans l'air et entendre vos commentaires acerbes. Cela doit cesser. *Immédiatement.* Me suis-je bien fait comprendre ?

— Oui, Monsieur, répondit-elle d'une voix étranglée, la bouche sèche, déçue d'avoir de nouveau mécontenté son employeur.

— Bien.

Il ouvrit le plus haut tiroir de son bureau et en sortit une règle. *Oh non.* Elle écarquilla les yeux, craignant ce qu'il avait en tête.

— J'ai fessé Lucinda, et je vais vous fesser également, dit-il de façon détachée.

Elle aurait poussé une exclamation, si elle avait été en mesure de respirer. Au lieu de cela, elle émit un petit couinement. Le colonel se leva et se dirigea d'un pas tranquille vers le canapé, sur lequel il s'assit.

CHAPITRE QUATRE

— *A*pprochez, Miss Downy.

Elle s'était levée en même temps que lui, mais semblait désormais clouée au sol tandis qu'elle le regardait fixement, réalisant certainement qu'il voulait qu'elle s'allonge sur ses genoux pour sa fessée. Elle lâcha un autre son inintelligible.

— Venez. Maintenant, dit-il avec fermeté.

Elle obéit et s'arrêta devant lui, l'air hésitant. Il lui tendit la main et la guida sur ses genoux, l'aidant à placer un petit coussin sous son buste. Il souleva le bas de sa robe ainsi que son jupon et resta hébété, pris d'une envie irrésistible de caresser sa peau douce. Il serra les paupières et repoussa fermement cette idée.

Il sentait qu'elle retenait son souffle, tout son corps rigide, l'oreille tendue. Il commençait à regretter de l'avoir installée sur ses genoux. Il avait choisi cette position car il voulait que sa punition reste modérée, mais Miss Downy n'était pas son épouse, et cette position la rendait très proche, sa chair moelleuse pressée contre ses cuisses fermes d'une façon enivrante. Il lui était impossible de rester de marbre face aux courbes sensuelles qui se présentaient ainsi à sa correction. Non, il s'agissait d'une délicieuse torture.

Bon, la seule solution était de la punir de la manière la plus convenable et d'en finir. Il saisit la large règle en bois et l'abattit sans ménagement en bas de ses fesses. Il frappa plusieurs fois, la regardant sursauter et serrer les muscles. Il visa la même zone une dizaine de fois, conscient qu'ainsi, la brûlure s'installerait. La charmante gouvernante se tortillait, serrant toujours les fesses, aussi raide qu'une planche.

Il marqua une pause et saisit l'une de ses cuisses nues, la plus proche de lui, pour la tirer vers lui, écartant ses cuisses afin d'avoir un meilleur accès à sa chair tendre. Elle haleta et il réalisa que cette position devait la rendre vulnérable, car elle dévoilait la petite fente rose de son sexe. Il prit le temps de l'admirer. *Seigneur.* Il secoua la tête pour s'éclaircir les idées et lui frappa l'arrière des cuisses.

Il abattit sa règle encore et encore, tentant d'ignorer la réaction de son propre corps face aux fesses nues et ondulantes de Miss Downy. Elle se débattait, tentant en vain de se soustraire à ses coups cinglants. Il la maintenait fermement par la taille, mais ses hanches parvenaient tout de même à se trémousser, ruant en poussant des cris. Toute cette agitation sur son membre viril éveilla hélas son excitation.

Comme un idiot, il vola un nouveau regard à son joli sexe rose et aurait pu jurer l'avoir vu luire, mouillé. Elle cessa de se débattre, et il craint qu'elle l'ait senti se raidir sous elle. Il repoussa le bassin de Miss Downy de cette zone, l'approchant davantage de ses genoux, là où elle aurait moins d'équilibre. Il avait plus de mal à la maintenir par la taille et elle parviendrait sûrement à se lever si elle le souhaitait. Il frappa ses fesses rougies encore plus vite et fort, espérant lui faire oublier son excitation. Ou se changer les idées en s'appliquant à sa tâche. *Quelque chose de ce genre, en tout cas.*

Lorsqu'elle eut le derrière rouge vif, il s'arrêta. Il avait envie de lui masser les fesses, afin de lui montrer qu'il était content de sa soumission, mais bien entendu, ce ne serait pas convenable. Alors il choisit plutôt de rabattre sa robe et de la mettre sur ses pieds, avant de l'aider à s'asseoir à ses côtés sur le canapé. Elle avait versé quelques larmes, mais surtout, elle semblait très troublée. Elle grimaça légèrement lorsque son poids reposa sur sa chair meurtrie. Il lui tendit son mouchoir, dont elle se saisit avec enthousiasme pour dissimuler son visage.

Il crut la voir jeter un regard sur ses genoux, mais par chance, il s'était suffisamment changé les idées pour que son membre ne soulève plus son pantalon. Ils restèrent assis l'un à côté de l'autre, se tenant bien droits, tandis qu'elle reprenait son souffle. Il se tourna vers elle et la prit par le menton afin de lui soulever le visage. Elle semblait terriblement vulnérable lorsque leurs regards se croisèrent, et il sentit toute sa sévérité, réelle ou feinte, le quitter. Il voulait l'étreindre, la consoler et lui dire qu'il lui pardonnait. Mais cette fois encore, il ne pouvait pas.

— Dorénavant, si je vous entends vous envoyer des piques, Miss Watson et vous, je vous pencherai *toutes les deux* sur mon bureau et je vous fouetterai impitoyablement. Est-ce bien clair ?

Ses mots étaient sans appel, mais son ton était plutôt doux ; il était incapable de la traiter avec sévérité.

Elle se hâta de hocher la tête.

— Oui, Monsieur le Colonel, murmura-t-elle.

— Vous pouvez disposer, dit-il d'un ton aimable.

Il la regarda partir, puis il s'enfonça dans le dossier du canapé avec un gémissement, l'image de ses fesses frémissantes, de ses cuisses écartées et de son sexe délicat à jamais gravée dans sa mémoire.

~

Au cours du déjeuner, quelques jours plus tard, le colonel lui remit une lettre. Au début, elle crut qu'il s'agissait d'une offre d'emploi, après les candidatures qu'elle avait envoyées, mais il s'agissait finalement de Joseph Belford, le cousin qui s'était emparé de l'héritage de son père sans lever le petit doigt pour sa famille. Elle sentit une colère familière monter en elle tandis qu'elle décachetait l'enveloppe.

Chère Miss Downy,

Je vous écris car vous semblez être la seule femme de votre famille capable de gérer les affaires. Je crois vous avoir accordé suffisamment de temps pour vous organiser concernant le reste des possessions de votre mère, à savoir les quelques meubles et les deux poneys que vous m'avez demandé de ne pas vendre. Je ne puis simplement pas continuer de prendre en charge les frais de vos poneys à Helmcamp. Vos exigences sont absurdes. J'ai également transféré les meubles dans l'ancienne écurie, mais je ne pourrai les garder non plus, car je dois acquérir de nouveaux chevaux et les deux écuries me seront nécessaires.

Si vous ne récupérez pas vos possessions sous deux semaines, je les vendrai et vous verserai les bénéfices. Veuillez répondre sans attendre.

Sincères Salutations,

Joseph R. Belford

Mandy poussa un soupir mécontent, la main si serrée sur la missive qu'elle commençait à la froisser. Les lèvres pincées, elle ravala les larmes qui lui brûlaient les yeux, l'esprit envahi par des pensées pleines de colère. La main tendue du colonel apparut devant elle, et elle lui remit la lettre sans réfléchir. Puis elle sursauta, réalisant ce qu'elle venait de faire, et le regarda avec désarroi. Elle n'aurait pas dû laisser ses problèmes d'ordre personnel affecter sa capacité à se conduire avec professionnalisme.

Le colonel lut la lettre en silence, puis il tendit la main afin qu'elle lui donne l'enveloppe. Cette fois encore, elle se surprit à le faire sans réfléchir. Il examina l'adresse de l'expéditeur.

— Je dirais que c'est à une demi-journée d'ici, commenta-t-il en la regardant. Nous nous y rendrons demain.

Elle le regarda avec stupéfaction.

— Euh… quoi ?

Il hocha la tête d'un air décidé.

— Nous irons chercher vos meubles ainsi que les poneys pour les conduire ici.

Les larmes montèrent aux yeux de Mandy et se mirent à couler avant qu'elle ne puisse les ravaler. Elle les essuya du dos de la main, envahie par l'émotion.

— Monsieur le Colonel…

Elle chassa de nouvelles larmes et déglutit, la gorge serrée.

— Merci Monsieur.

— Ce n'est rien, répondit-il d'un ton nonchalant avant d'agiter la main vers la table. Mangeons.

Le lendemain, fidèle à sa parole, il fit préparer la calèche ainsi qu'un chariot vide, attelé à d'autres chevaux. Ils se mirent en route, seuls tous les deux, pour la maison qui n'était plus la sienne. Elle songea qu'il n'était pas convenable qu'elle voyage sans chaperon avec le colonel, mais elle chassa bien vite cette idée. Il respectait scrupuleusement la bienséance, et de plus, comme il y avait les cochers des deux attelages, elle n'était pas véritablement seule avec lui.

Toutes sortes de pensées se bousculaient dans sa tête tandis qu'ils restaient assis en silence dans la calèche. Elle se rappelait distinctement le premier voyage qu'elle avait fait avec le colonel, celui qui avait bien failli se conclure par un désastre. Il n'avait pas dit plus d'un mot ou deux lors de ce trajet-là non plus. Quand il s'était joint à eux, elle ne l'avait pas beaucoup aimé. Il lui avait semblé raide et formel, et l'atmosphère était vite devenue étouffante.

Toutefois, il s'était comporté avec beaucoup de compétence lors de la catastrophe, tandis qu'elle avait agi en écervelée, buvant et révélant ses secrets. Comme il lui semblait différent, maintenant qu'elle le connaissait ! Elle voyait poindre la gentillesse sous l'apparence sévère, même si avec le recul, elle aurait dû la percevoir dès leur rencontre.

Elle repensa à la façon dont il avait effacé la dette qu'elle avait souscrite auprès d'eux pour se rendre au chevet de sa mère, dont il était venu la chercher sous la pluie, et à présent, dont il lui faisait cette faveur, proprement monumentale. Il lui donnait sa journée, prenait la peine de l'escorter en personne, mettait à sa disposition une calèche et un chariot, et proposait de garder ses meubles et ses poneys indéfiniment. C'était plus que généreux. En fait, maintenant qu'elle y songeait sous cet angle, cela la mettait même dans l'embarras. Elle aurait préféré détester le colonel, le voir comme le militaire rigide qui l'avait punie avec sa lanière en cuir.

Elle admira son beau visage. Il avait une mâchoire large qui allait à merveille avec sa silhouette haute et imposante. Ses yeux étaient sombres, du même brun que ses cheveux soigneusement coiffés.

Il leva les yeux et surprit son regard. Elle retint son souffle, incapable de se détourner, comme si ses yeux étaient aimantés par les siens. Une mèche brune lui tombait sur la joue, et elle faillit lever la main pour la remettre en place. Avec un effort non négligeable, elle arracha son regard à celui du colonel et se tourna vers la fenêtre, priant pour ne pas rougir comme cela lui arrivait si souvent.

Ils atteignirent l'ancien domaine de sa famille à midi. Revenir créait chez elle un étrange mélange d'émotions : joie de revoir les paysages familiers, douleur au souvenir de la mort de son père et à l'idée qu'elle n'aurait plus jamais la jouissance de ces terres. Elle ferma les yeux et se détourna de la fenêtre, réalisant que les yeux du colonel étaient rivés sur son visage avec une expression qui ressemblait à de la compassion. Elle s'efforça de sourire.

— Nous sommes enfin arrivés.

— En effet, dit-il en regardant par la fenêtre de la calèche. Je comprends que vous aimiez ma propriété.

— Comment ? Oh ! Oui, l'environnement est très semblable, n'est-ce pas ?

Mr et Mrs Belford sortirent de la maison après les avoir vus arriver par la fenêtre. Mr Belford était un homme grand et arrogant, son épouse une dame potelée, nerveuse et égocentrique. Ils étaient surpris de voir arriver une jolie calèche et deux attelages ainsi qu'un chariot. Mandy eut un petit sourire, songeant qu'ils ne l'avaient sûrement pas imaginée capable de répondre à leurs exigences.

— Miss Downy ! s'exclama Mrs Belford lorsque le colonel l'aida à descendre de la calèche. Quelle surprise !

Mandy les salua poliment et leur présenta le colonel comme son employeur. Pour une fois, elle était ravie de sa froideur, car celle-ci semblait décontenancer les Belford.

— Entrez donc déjeuner, le cuisinier vient de préparer un repas froid, il me semble.

— Merci, avec plaisir, répondit Mandy, qui ne trouvait pas cela plaisant du tout.

Toujours efficace, le colonel demanda à Mr Belford d'envoyer un domestique montrer aux cochers où se trouvaient les meubles à charger dans le chariot et les poneys. Durant le déjeuner, le colonel fit poliment la conversation à Mr Belford, et Mandy fut heureuse de constater que son cousin semblait sincèrement impressionné, ayant entendu parler de sa carrière militaire et de ses relations.

— C'est très généreux de votre part d'avoir accueilli Miss Downy, compte tenu de son manque d'expérience, osa dire Mrs Belford.

Mandy serra les dents. Cette chipie cherchait à la mettre dans l'embarras. Bien sûr, elle ne pouvait pas se douter que Mandy avait menti sur ses références... sauf si le voisin qui l'avait recommandée le lui avait révélé. Elle plissa les yeux, soudain envahie par un sentiment de haine. Le couple voulait lui faire honte devant le colonel.

~

— J'ai énormément de chance d'avoir engagé une jeune femme aussi qualifiée et intelligente que Miss Downy. Je ne saurais imaginer de meilleure gouvernante, pour tout vous dire, répliqua Charles, agacé que la famille de Miss Downy la traite de façon aussi misérable.

Il vit cette dernière rougir et lui jeter un regard débordant de gratitude, les yeux brillants de larmes contenues. Savoir que le fait qu'il la défende la touchait à ce point attisa sa colère. Cette pauvre jeune femme devait soutenir le reste de sa famille après la mort de son père, et ces cousins n'avaient rien fait pour l'aider. C'était tellement mesquin. Il avait bien envie d'étrangler Belford, cet homme pompeux.

— Qu'allez-vous donc faire des meubles ? J'espère qu'ils n'ont pas pourri, après tout ce temps passé dans nos écuries.

Belford avait mis l'accent sur le « nos » comme pour rappeler à Miss Downy qu'ici, plus rien n'était à elle.

— Le colonel a eu l'amabilité de proposer de les entreposer chez lui, répondit-elle d'un ton neutre.

Le déjeuner se conclut, et Charles n'eut aucunement l'intention de s'éterniser chez les Belford, qui en profiteraient certainement pour continuer d'insulter sa gouvernante. Il sortit aussitôt et constata que ses hommes avaient chargé tous les meubles et attelé les poneys au chariot.

— Bien, nous allons y aller, annonça-t-il d'un ton bref.

— Transmettez nos amitiés à votre mère, dit Mr Belford à Miss Downy lorsqu'elle lui dit au revoir.

Ses mots manquaient de sincérité, et la gouvernante répondit avec un sourire tendu :

— Je n'y manquerai pas, merci.

Charles lui tendit la main, et de l'autre, il poussa le bas de son dos pour l'aider à monter dans la calèche. Elle avait la taille si fine et agréable à toucher qu'il aurait voulu consacrer ses journées à cette activité. Il monta à sa suite et s'installa confortablement pour le trajet de retour. Amusé, il vit Miss Downy lui jeter des regards volés tout en se mordillant la lèvre.

— Qu'est-ce qui vous turlupine ? lui demanda-t-il enfin.

Elle tritura son médaillon, un tic nerveux qu'il avait déjà remarqué.

— Je viens de réaliser que je vous avais fait perdre du temps et des ressources.

— Comment cela ?

— Eh bien, pour être honnête, j'ai insisté pour que notre cousin conserve nos meubles par colère contre lui plus que par réel attachement. J'aime les poneys, mais ces meubles… eh bien, je n'y tiens pas particulièrement, bien que certaines pièces soient très jolies. Mais l'idée que Belford se débarrasse de nos affaires ou les vende une misère m'était insupportable.

Il hocha la tête, compréhensif.

— Mais vous vous êtes donné tant de mal pour venir ici et

tout charger... que je me sens honteuse, en vérité. Ces meubles ne sont pas luxueux, et...

Il ne put s'empêcher de rire ; elle était adorable. Elle le regarda avec surprise.

— Vous me faites rire, Miss Downy.

Elle semblait déconcertée.

— Que voulez-vous dire ?

Il regarda un moment par la fenêtre, songeur, puis se tourna de nouveau vers elle en dissimulant un sourire.

— Vous êtes...

Il agita la main.

— Je ne sais pas. Je trouve vos aveux très charmants.

Il lui sourit avec tendresse, et elle rougit.

— Vous n'êtes pas fâché ? De vous être donné tout ce mal, de traîner tous ces meubles dans un chariot simplement car je ne souhaitais pas laisser à mon cousin le plaisir de s'en débarrasser lui-même ?

Il la contempla avec indulgence.

— Cela ne me dérange pas le moins du monde. Votre cousin vous a traitée de manière indigne et vous méritez de conserver votre dignité en retrouvant vos affaires.

Elle en resta coite. Il rit de plus belle.

— Cela vous surprend-il, Miss Downy ?

Elle croisa son regard, et il fut étonné d'y voir de nouveau briller des larmes.

— Merci, dit-elle avec sincérité. Vraiment.

Cela lui fit chaud au cœur. Elle était d'une gentillesse pure. Il lui tapota la main, puis, sans réfléchir, la prit dans la sienne et la porta à ses lèvres. Par chance, il parvint à s'interrompre à temps ; il n'était pas convenable de lui embrasser l'intérieur du poignet ou de la prendre dans ses bras, et encore moins de baiser ses lèvres framboise. Alors il se contenta de serrer sa main dans la sienne et de lui exprimer sa compassion :

— Vous savez, Miss Downy, de lourdes responsabilités reposent sur vous depuis la mort de votre père. Vous soutenez financièrement votre famille sans assistance.

Elle qui venait de se remettre de ses émotions, elle étouffa un sanglot. Il passa le pouce sur le dos de sa main gantée dans un geste apaisant.

— Mon père m'a demandé de prendre soin de ma mère et de ma sœur quand il serait parti, dit-elle d'une voix étranglée. Et j'ai fait de mon mieux, mais cela n'a pas suffi. Nous sommes toutes séparées, et leurs nouvelles vies ne les rendent pas heureuses.

— Vous m'avez dit que votre sœur était gouvernante à Banford ? s'enquit-il avec douceur.

Elle le regarda d'un air contrit.

— Vous souvenez-vous donc parfaitement de tout ce que j'ai dit le soir de l'accident de calèche ?

Il eut un petit rire.

— Tout n'était pas compromettant, la rassura-t-il.

— Mon père me manque tant, lui confia-t-elle à brûle-pourpoint. Je ne réalisais pas que la vie pouvait si vite changer du tout au tout.

Le cœur de Charles se serra. Il se rappelait parfaitement avoir ressenti la même chose après la mort de sa femme, Gracie.

— Oui, la mort est bien cruelle, répondit-il avec emphase. Quoi qu'il en soit, je ne veux pas que vous vous sentiez obligée de porter ce fardeau toute seule. Je suis là pour vous aider.

Elle renifla.

— Votre générosité me bouleverse.

Il lui lâcha la main et lui tendit son mouchoir.

Après quelques instants, elle le regarda et un petit sourire espiègle apparut sur ses lèvres.

— Je dois vous avouer que je ne regrette pas véritablement d'avoir menti sur mes références, car sinon, je n'aurais pas obtenu ce poste chez vous.

Il tenta de prendre un air sévère, sans succès, et finit par éclater de rire.

— Je ne cautionne pas vos méthodes, mais je ne regrette pas non plus.

~

Peut-être parce que le fait d'avoir voyagé seule avec lui lui avait fait réaliser à quel point le colonel était bon sous sa carapace de froideur, Mandy se mit à regretter qu'il soit aussi rigide. En l'observant avec ses enfants, elle remarqua qu'ils ne se sentaient toujours pas à l'aise avec lui, leur propre père, et qu'ils continuaient de se montrer formels et nerveux en sa présence. Étant donné qu'il était désormais leur seul parent, elle trouvait cela tragique.

Cela la frappa particulièrement lorsqu'il se joignit à leur leçon d'équitation, plus tard cette même semaine. Sa seule présence donnait le trac aux enfants, et donc aux chevaux. Par chance, il savait y faire avec les animaux et il rassura bien vite Dusty, le poney de Mandy qu'ils étaient allés chercher à Helmcamp, et dont elle avait jugé qu'il ferait la monture idéale pour les enfants. Elle-même le montait quand elle était petite, car il était calme et fiable. Après avoir montré aux enfants comme le brosser et lui offrir des carottes, elle demanda au palefrenier de le seller.

La présence du colonel la rendait nerveuse, elle aussi. Elle craignait de ne pas être à la hauteur.

— Rosie, vous allez commencer. Montez sur ce banc, je vous prie. Voilà, allons-y.

Elle hissa la petite fille sur le poney, à califourchon.

— Je vais commencer par lui apprendre à chevaucher dans cette position, Monsieur, dit-elle, se sentant obligée de s'expliquer. Ensuite, quand elle sera plus grande et plus à l'aise, elle pourra chevaucher en amazone.

— Tout à fait d'accord.

Elle se saisit de la longe et mena Dusty hors de l'écurie, au grand air. Les rênes à la main, Rosie avait un grand sourire au visage.

— Ne les serre pas autant, non... accroche-toi juste là, corrigea le colonel. Assieds-toi mieux. Le dos bien droit. Voilà. Tourne. À gauche. Non, à *gauche* !

Rosie peinait à obéir aux ordres qu'aboyait son père et devenait de plus en plus anxieuse. Dusty se mit à tirer sur sa longe pour regarder sa cavalière. Mandy le poussa à reprendre son cap et lui caressa la tête pour le rassurer.

— Très bien, maintenant, tire sur les rênes afin de lui montrer où il doit tourner. Plus fort. *Plus fort.*

La leçon se poursuivit ainsi, le colonel donnant des ordres et sa fille tentant de les suivre du mieux possible. Lorsqu'il l'aida à descendre, le sourire de la petite fille s'était envolé et elle s'était renfermée sur elle-même.

— Très bien, Tom, tu es prêt ?

Le petit garçon, qui aimait d'ordinaire découvrir de nouvelles choses, sembla hésiter.

— Je veux aller avec Miss Downy.

— Oui, mon chéri, je marcherai à vos côtés, comme je l'ai fait avec Rosie.

— Non, je veux *seulement* Miss Downy, insista-t-il.

— Ne dis pas de bêtises, répliqua sèchement le colonel.

Il hissa le petit garçon sur le poney. Il plaça les rênes dans ses petites mains et garda une main dans son dos pour le maintenir tandis que Mandy menait lentement le poney. Tom ne faisait pas le moindre bruit, le visage crispé par l'angoisse. Après avoir fait quelques aller-retour, le colonel décréta que la leçon était terminée et souleva son fils.

— Rosie, tu veux refaire un tour ?

— Non père, bredouilla l'enfant.

— Devenir bonne cavalière demande de l'entraînement, Rosie. Si tu te montres paresseuse, je ne prendrai pas la peine de t'instruire.

À ces mots, le visage de Rosie se chiffonna alors qu'elle tentait visiblement de ne pas pleurer. *Maudit colonel !* Mandy lui jeta un regard noir puis plaça une main sur l'épaule de la petite fille et la mena en direction du manoir.

— Venez, ma chérie, allons boire un chocolat chaud.

Elle tendit la main à Tom, qui les rejoignit en courant.

Pendant le souper, Tom expliqua avec animation avoir monté le poney.

— Il s'appelle Dusty, lui dit-il. Et il est très grand. J'ai appris à faire ce bruit.

Il claqua la langue comme pour faire avancer le poney.

Miss Watson rit et répondit :

— Tu le fais parfaitement, Tom !

Le petit garçon se mit à genoux sur sa chaise afin de mieux voir sa tante et renversa son verre de lait.

— Tom, assieds-toi ! aboya le colonel. Regarde ce que tu as fait !

Le petit garçon, qui avait eu une longue journée, avec sa leçon d'équitation, poussa une plainte sonore.

— Ça suffit ! le rabroua son père.

Mandy avait aussitôt redressé le verre et était en train d'essuyer le lait renversé avec une serviette. Julie apparut sur le seuil en entendant le cri de Tom, prête à l'emmener. Mandy se leva et prit le petit garçon dans ses bras.

— Je m'en occupe, dit-elle à la nourrice d'un air sinistre avant de fusiller le colonel du regard en sortant.

Cet homme exagérait ! Se montrer strict avec ses

employés, c'était une chose, mais Tom et Rosie étaient des enfants. Il n'avait aucune compassion pour leurs sentiments et ne faisait aucun effort pour créer des liens sincères avec eux.

Elle porta Tom à l'étage et le berça dans la chambre des enfants. Julie arriva avec Rosie et la mit au lit. Quand Julie l'eut embrassée pour lui souhaiter bonne nuit, Mandy s'assit au chevet de la petite fille.

— Votre papa vous aime beaucoup, dit-elle.

Rosie la regarda comme si elle pesait la véracité de ses mots. Elle n'avait que sept ans, mais était déjà assez observatrice pour savoir quand un adulte disait quelque chose uniquement pour la consoler.

— C'est vrai, insista Mandy. Il ne sait pas comment se comporter avec les enfants, c'est tout. Cela fait des années qu'il donne des ordres à des soldats, et il a besoin d'apprendre comment traiter les enfants.

— Qui va le lui apprendre ? demanda Rosie.

Mandy affronta le regard plein de franchise de la petite fille et prit une grande inspiration.

— Je suppose que c'est mon travail, répondit-elle d'un ton décidé. Je vais aller lui parler tout de suite.

Elle embrassa Rosie sur le front puis se leva.

— Entrez, lança Charles lorsque l'on frappa à la porte de son bureau.

Miss Downy pénétra dans la pièce, l'air mécontent.

— J'aimerais vous dire un mot, si vous le voulez bien.

Il posa le document qu'il était en train de lire.

— Je veux bien. Souhaitez-vous vous asseoir ?

— Non merci, répondit-elle d'une voix ferme avant de se mettre à faire les cent pas. Je pense que vous le savez déjà... je vous trouve quelque peu effrayant.

Il haussa les sourcils. Il s'était attendu à tout sauf à ça.

— Oui, c'est la vérité. Et je suis certaine que c'est également le ressenti des autres employés. Vous ne riez jamais, souriez rarement, et dans votre bouche, les compliments sont si inhabituels qu'ils en semblent insincères.

Il se renfrogna et était sur le point de lui signifier qu'elle dépassait les bornes lorsqu'elle l'interrompit :

— Rien de cela ne me dérangerait, si cela n'affectait pas également vos enfants. Vos *enfants*, Monsieur le Colonel. Ce ne sont que des enfants ! Vous devez absolument vous montrer plus délicat lors de vos échanges avec eux. Ce ne sont pas des soldats.

— Faites-vous référence à la leçon d'équitation ? s'enquit-il, cherchant à trouver la source de sa colère.

— Pas seulement ! Ils vous connaissent à peine, après votre absence de près d'un an, et vous revenez dans leurs vies pour leur donner des ordres sans tenter de les comprendre !

Il la dévisagea.

— Qu'est-ce qui vous a tant bouleversée, au juste ?

— Bouleversé, répéta-t-elle d'un air déconcerté. Je ne suis pas bouleversée, ce sont les enfants qui le sont. Et en effet, je faisais référence à la leçon d'équitation, mais pas uniquement. Avez-vous essayé de jouer avec eux, tout simplement, ou de rire, ou de leur lire une histoire ?

Il ouvrit la bouche, mais elle poursuivit obstinément :

— Non, vous n'en avez rien fait. Ils ne vous entendent que lorsque vous êtes mécontent. Vous ne les connaissez pas du tout. Savez-vous que Rosie vient de perdre deux dents de lait, par exemple ? Ou que Tom a peur du tonnerre ?

Elle marqua une pause, les bras croisés.

— Savez-vous quels sont leurs plats préférés ? Ou qu'un rien suffit à les faire rire ?

Il plissa les yeux et se leva derrière son bureau.

— Pourquoi êtes-vous donc si fâchée, Miss Downy ?

— Je ne suis pas… Cela me tient à cœur, c'est tout, dit-elle avant de rougir. Les enfants, je veux dire. Pas vous. Enfin si, vous me tenez à cœur…

Elle s'empourpra de plus belle.

— Pour l'amour du Ciel Monsieur le Colonel, il ne s'agit pas de moi ! s'agaça-t-elle d'une voix aiguë.

— Je vous prie de me parler sur un autre ton, dit-il à voix basse.

Elle déglutit.

— Je vous demande pardon. Mais vous êtes le seul parent de Tom et Rosie. Ils n'ont plus de mère pour leur assurer qu'ils ne doivent pas craindre leur papa. Plus de mère pour leur dire que malgré vos manières bourrues, vous êtes l'homme le plus gentil qu'elle connaisse.

Il était ravi d'apprendre qu'elle le trouvait gentil. Mais elle gâcha tout en prenant un air choqué et en ajoutant subitement :

— À moins que leur mère vous ait craint, elle aussi ?

L'entendre parler ainsi de Gracie le mit en colère.

— Je vous interdis de… tonna-t-il, avant de s'interrompre et de prendre une grande inspiration en voyant la peur sur son visage.

— Je sais, murmura-t-elle en reculant en direction de la porte. Mais j'ai promis à Rosie de vous parler.

Cela lui porta un coup au cœur. Rosie lui avait demandé de l'aide ? Avec lui ? La douleur était ardente, et il remarqua à peine que Miss Downy se glissait hors de la pièce. Il se rassit derrière son bureau, les yeux brûlants. Peut-être se montrait-il trop dur avec les enfants. Il se prit la tête dans les mains. Soudain, Gracie lui manquait aussi fort que lors des premiers mois qui avaient suivi sa mort. Miss Downy avait raison : ses enfants avaient besoin de leur mère. Lui aussi, par-dessus tout. Sans Gracie, il était complètement perdu avec Rosie et Tom.

Cette nuit-là, il ne cessa de se tourner et de se retourner dans son lit, se sentant coupable, puis composant une réplique cinglante aux reproches de Miss Downy ou, dans ses meilleurs moments, songeant à la manière d'arranger les choses avec ses enfants. Il pensait aussi parfois au rougissement de la gouvernante lorsqu'elle avait dit qu'elle ne tenait pas à lui. Pourquoi tant de véhémence ? Tenait-elle à lui plus qu'elle ne voulait bien l'admettre ? Mais il était inutile de penser en ces termes, car il n'avait pas l'intention de la poursuivre de ses assiduités. Il avait déjà souffert du décès de son épouse ; il n'avait pas l'intention de s'exposer une deuxième fois à une telle douleur. Sauf qu'il s'apercevait que plus il ressassait, et plus il réalisait que l'impression qu'il faisait à Miss Downy comptait à ses yeux. Songer qu'elle puisse avoir véritablement peur de lui ou qu'elle ne le juge pas bon père le perturbait grandement.

Le lendemain matin, il se réveilla encore plus perdu que la veille.

— Bonjour, Lucinda, Miss Downy, dit-il d'un ton raide à la table du petit-déjeuner.

Le couteau de la gouvernante tomba bruyamment sur le sol et elle sembla troublée.

— Oh ! Oh, non. Excusez-moi. Bonjour Monsieur le Colonel.

Elle plongea la tête sous la table pour ramasser son couteau. Il s'assit et remarqua qu'ayant beau lui lancer des coups d'œil discrets lorsqu'elle pensait qu'il ne la voyait pas, elle refusait de croiser son regard. À contrecœur, il éprouva de la gratitude envers elle, qui lui avait parlé malgré ses craintes. Elle tenait sincèrement à ses enfants, même si elle ne tenait pas à lui. Le problème, c'était qu'il commençait à vouloir qu'elle tienne à lui.

Décidant qu'une promenade à cheval lui éclaircirait les idées, il se rendit aux écuries et demanda au palefrenier de seller Banto. Il se mit en route sans direction précise en tête et passa devant les terres de son voisin. Il vit les enfants de celui-ci jouer avec un chien, bien qu'ils fussent presque trop âgés pour jouer ainsi. Il mit son étalon au pas afin de les observer. Un chien. Oui ! Ce serait idéal pour remonter le moral de ses enfants. Il se souvint que son voisin lui avait dit qu'ils avaient une portée de chiots, des Border Collies. Il mena sa monture jusqu'aux enfants pour se renseigner, et repartit avec un chiot joyeux et remuant dans sa veste.

À son retour à la maison, il laissa le chiot avec le palefrenier aux écuries avant de pénétrer dans le manoir, lui-même aussi gai qu'un enfant.

— Où sont les enfants, Julie ?

— Tom fait toujours la sieste, Monsieur. Et Rosie est juste ici, dans la cuisine avec moi.

— Rosie, dit-il l'œil pétillant. Quand Tom sera réveillé, je veux que vous veniez me voir ensemble. J'ai une surprise pour vous.

— Une surprise ? s'enquit Rosie avec enthousiasme. Qu'est-ce que c'est ?

Il rit.

— Si je te le disais, ce ne serait plus une surprise, n'est-ce pas ? Je ne veux pas te la montrer sans Tom, alors va le chercher dès qu'il sera réveillé.

— D'accord Papa, dit sa fille en sautillant dans toute la pièce. Je me demande ce que c'est ?

Il secoua la tête avec un sourire, puis alla patienter dans son bureau.

Une demi-heure plus tard, il entendit les deux enfants

traverser bruyamment le couloir qui menait à son bureau, en proie à une discussion passionnée.

— Papa, Papa ! Où est Papa ? demandait Tom avec impatience.

— Attends ! Il est par là, dans le bureau !

En riant, Charles alla à la rencontre de ses deux enfants pleins d'enthousiasme, accompagnés par Julie et Miss Downy, qui s'étaient joints à eux pour élucider ce mystère.

— Vous êtes prêts pour votre surprise ?

— Oui Papa ! répondirent les enfants en chœur.

Il les mena hors du manoir, en direction des écuries. Une fois sur les lieux, il ouvrit la porte et alla chercher le chiot remuant, qui poussait des petits jappements. Les enfants étaient fous de joie, et il remarqua avec satisfaction que Miss Downy semblait ravie.

Le colonel tendit le chiot à Rosie avec douceur, et Tom, pris de colère et d'impatience, tira sur les bras de sa sœur.

— Attendez, attendez, tout va bien, le rassura Mandy. Tenez, asseyez-vous, Rosie, ainsi vous pourrez tous les deux jouer avec lui.

— Avec elle, plutôt, précisa le colonel.

Il souriait, ce qui transformait complètement son visage, et elle se surprit à admirer sa beauté. Elle était ravie de cette surprise, pas seulement parce qu'elle aimait les chiens et que celui-ci était adorable, mais parce que son cœur voletait joyeusement à l'idée que le colonel l'ait écoutée.

— C'est un Border Collie, expliqua-t-il aux enfants. Ces chiens sont originaires d'Écosse. Ils gardent les troupeaux de moutons.

— Aurons-nous des moutons ? demanda Rosie, euphorique.

Le colonel renversa la tête en arrière et éclata de rire.

— Non, je l'ai choisie comme animal de compagnie pour vous deux.

— Que dites-vous à votre père ? leur demanda Mandy.

Rosie posa le chiot et se leva maladroitement pour jeter ses bras autour de la taille du colonel.

— Merci Papa.

Tom lui emboîta le pas et serra la jambe de son père avec ses petits bras, car il ne pouvait rien atteindre de plus haut.

— Merci Papa, dit-il de sa petite voix adorable.

Le colonel leur tapota la tête.

— Je vous en prie.

Il hésita un moment, puis s'assit par terre avec les enfants, pour leur plus grande joie.

— Comment allons-nous l'appeler ? demanda-t-il.

Le chiot se mit à courir après sa queue, puis jappa.

— Appelons-la Ouaf, suggéra Rosie.

— Ouaf… c'est un joli nom. Qu'en penses-tu, Tom ?

— Oui, appelons-la Ouaf, parce qu'elle aboie, dit-il avec enthousiasme en essayant d'attraper l'animal qui s'agitait.

Le colonel saisit Ouaf et la posa sur les genoux de Tom, mais le petit chiot était inarrêtable. Ils rirent alors qu'il leur échappait pour courir autour d'eux, tenter de leur faire des léchouilles et sauter en remuant sa queue minuscule. Le colonel s'allongea dans l'herbe, la tête posée sur ses mains jointes, et les observa. Le chiot lui grimpa sur la poitrine pour lui lécher le visage, et il le repoussa en riant. Tom, qui trouva cela très drôle, bondit à son tour sur la poitrine de son père.

— Aïe ! Pas avec tes genoux, fiston. Réessaye. Saute, mais atterris sur le ventre. Aïe ! Le ventre, pas les genoux, dit-il, hilare. Tes genoux font mal à Papa.

Mandy était si touchée par cette scène que des larmes lui montèrent au coin des yeux. Elle regarda autour d'elle, et vit que Julie s'était mise en retrait, adossée au mur du manoir. Elle réalisa qu'elle devrait en faire de même et commença à s'éloigner, mais le colonel la rappela.

— Restez, Miss Downy, dit-il avec douceur.

Souriante, elle alla s'asseoir avec eux. À dire vrai, elle était impatiente de caresser cet adorable chiot. Elle le prit dans ses bras et le câlina jusqu'à ce qu'il se soit un peu calmé, puis elle le posa sur les genoux de Rosie et caressa son pelage tout doux jusqu'à ce qu'il fermât les yeux et s'endormît.

— Les chiots dorment beaucoup, dit-elle aux enfants en souriant. Ouaf a épuisé toute son énergie en jouant avec vous, alors elle a besoin de faire une sieste. Comme Tom après le déjeuner.

— Pourra-t-elle faire la sieste avec moi ?

— Peut-elle entrer dans la maison, Papa ? lui demanda Rosie tout enthousiaste.

Le colonel se frotta le visage.

— Oui, je pense que c'est acceptable. À condition que nous la dressions pour qu'elle n'aboie pas et ne fasse pas ses besoins à l'intérieur.

— Comment allons-nous faire ? s'enquit Rosie.

— Nous la gronderons dès qu'elle le fera, répondit-il, et il croisa un instant le regard de Mandy. Je pourrai vous aider. Je crois avoir compris que j'étais doué dans ce domaine.

Il lui adressa un clin d'œil et un sourire ironique. Elle rit et baissa la tête en rougissant.

Les enfants portèrent le chiot dans la maison et le montrèrent à tous les domestiques avant de lui préparer un petit lit pour qu'il dorme dans leur chambre.

∾

Cette nuit-là, Mandy se réveilla au son des jappements. Elle se leva et se rendit dans la chambre des enfants. Le lit de Julie était vide, et le chiot se précipita vers elle en pleurant, la queue entre les pattes, la tête baissée en signe de soumission. Elle le prit dans ses bras et le rassura.

— Tu veux sûrement faire tes besoins, n'est-ce pas ma chérie ?

Elle leva le menton pour esquiver les léchouilles enthousiastes de la petite chienne. Elle la porta au rez-de-chaussée et ouvrit la porte de derrière, laissant Ouaf faire son affaire. Elle s'assit sur les marches et huma l'air nocturne et estival, murmurant à l'intention du chiot pour que sa voix ne porte pas jusqu'aux fenêtres ouvertes à l'étage.

Au même instant, la porte de derrière s'ouvrit avec une telle violence que Mandy poussa un cri aigu. Le colonel sortit, torse nu, son pistolet d'officier à la main, prêt à livrer bataille.

CHAPITRE CINQ

— *M*iss Downy ! s'exclama Charles, si soulagé qu'il n'y ait pas d'intrus sur ses terres qu'il baissa aussitôt son arme. Pardon de vous avoir fait peur. Qu'est-ce que...

Il aperçut le chiot.

— Oh, bien sûr.

Il s'assit aux côtés de la gouvernante. Elle était en robe de chambre, de sorte qu'il distinguait ses chevilles, et ses mains nues étaient pâles au clair de lune.

La manière dont ses yeux balayèrent son torse nu avec curiosité embrasa son bas ventre. L'espace d'un bref instant, il se demanda ce que cela ferait, de la sentir passer ses ongles dans les poils de son torse, ou poser la tête sur son épaule pour dormir. Mais ce genre d'idées ne pouvaient lui attirer que des ennuis.

— Je suis navré, je pensais que Julie prendrait soin du chiot. Dormait-elle ?

Miss Downy sembla hésiter. Il n'avait pas oublié ce qu'elle lui avait dit le soir de l'accident de calèche. Julie n'était pas toujours fiable.

— Elle n'était pas là. Peut-être était-elle dans la cuisine.

— Ah.

Il se demandait bien pourquoi elle cherchait à couvrir la nourrice.

Ils regardèrent le chiot en silence un moment.

— Les enfants l'adorent, dit-elle en lui jetant un regard discret.

Il baissa les yeux sur elle, remarquant la façon dont la lune éclairait une partie de son visage, embellissant davantage son ossature fine.

— Mon comportement s'est amélioré ?

Rougissante, elle baissa la tête.

— Vous vous en sortez à merveille, répondit-elle en direction du sol avant de se tourner de nouveau vers lui. Je suis navrée de vous avoir dit toutes ces choses.

Il la contempla avec tendresse. Pour être honnête, il aimait la voir perdre ses moyens face à son autorité et sa sévérité. Il aimait la voir rougir, mordre sa lèvre inférieure et baisser la tête. En revanche, il n'avait pas du tout aimé entendre qu'il la *terrifiait*. Cela l'avait même blessé, beaucoup plus qu'il n'aurait voulu l'admettre.

— Je vous suis reconnaissant d'avoir eu le courage de me parler avec franchise, même si ce n'était pas ce que j'avais envie d'entendre.

Il posa les yeux sur leurs pieds nus bien alignés, et elle suivit son regard.

— Vous m'avez un peu rappelé leur mère, quand vous avez débarqué dans mon bureau pour me faire un sermon.

Elle le regarda avec surprise.

— Elle n'avait pas peur de moi, au fait. En tout cas, elle ne craignait jamais de dire ce qu'elle pensait comme vous l'avez fait hier soir. Elle me manque.

Le visage de Miss Downy était chaleureux et compréhensif lorsqu'elle leva les yeux vers lui.

— J'en suis sûre, dit-elle avec douceur.

— Hier, j'ai réalisé à quel point je suis perdu sans elle. Je n'ai aucune idée de la façon d'élever des enfants.

— Je suis désolée. Je ne voulais pas…

— Non, vous aviez raison. Je suis content que vous m'ayez tenu tête. Comme je vous l'ai dit, c'est le genre de chose que mon épouse aurait faite. Je lui aurais peut-être fait chauffer le derrière pour la punir de son manque de diplomatie dans sa façon de le dire, cependant.

Elle lui jeta un regard par en dessous.

— Et moi, allez-vous me faire chauffer le derrière ? demanda-t-elle d'un air faussement timide, ce qui le surprit et provoqua un éclair de désir dans tout son corps.

Il esquissa un sourire, puis s'empara soudainement d'elle pour l'allonger sur ses genoux. Elle poussa une exclamation, et il rit en lui donnant trois claques cinglantes sur les fesses avant de la reposer avec un grand sourire. Elle rougit légèrement, mais gloussa. Il posa les yeux sur ses lèvres et commença à se pencher, s'imaginant un instant capable de l'embrasser.

Ouaf choisit ce moment pour se précipiter vers eux et se mit à sautiller, les pattes sur l'une de ses jambes, le ramenant à la réalité. Il se leva brusquement. Embrasser sa gouvernante n'était *pas* au programme.

— Bonne nuit, Miss Downy. Merci d'avoir pris soin de Ouaf.

— Je vous en prie, répondit-elle d'un ton léger. Je me ferai un plaisir d'être aussi la gouvernante de Ouaf.

— Les gouvernantes ont un rôle, les nourrices un autre, déclara-t-il, bien décidé à mettre la main sur son employée fugueuse.

Il alla chercher Julie dans la cuisine et entendit des voix dans la cave. Il tendit l'oreille pour voir qui parlait. Il reconnut distinctement la voix de la nourrice.

— Combien de temps avant que le colonel demande Miss Downy en mariage, à ton avis ?

— Non, je ne pense pas qu'il le fera, répondit Violet.

— Oh, arrête, tu as bien vu comment il la regarde ! Et je le comprends, elle est jolie comme un cœur !

— Peut-être bien, mais il ne l'intéresse pas. Tu te souviens de ce qu'elle a dit : trop rigide. Trop militaire !

La poitrine de Charles se serra à ces mots. Mais il s'en fichait, bien sûr. Car il n'avait aucunement l'intention de demander à Miss Downy ou à toute autre femme de l'épouser. D'ailleurs, ces qualificatifs n'avaient rien de nouveau. Elle les avait prononcés le soir de l'accident de calèche et la veille, quand elle était entrée dans son bureau.

Il s'éloigna de la porte lorsque les deux femmes remontèrent de la cave. Il les laissa mariner quelques instants sous son regard strict, à se demander s'il les avait entendues, puis il veilla à ce que Julie comprenne que le chiot était sous sa responsabilité.

Cette nuit-là, les yeux rivés sur le plafond, des idées pleines de colère tournoyaient dans sa tête au sujet de Julie et Violet. Il finit pourtant par songer à Miss Downy et à ses lèvres entrouvertes et à prendre sa virilité raidie en main. Tenant à l'écart sa conscience qui l'avertissait toujours qu'il faisait erreur en songeant à elle de cette façon, il s'autorisa à se remémorer la manière dont elle s'était trémoussée sur ses genoux, avec ses fesses nues délicieuses et son sexe magnifique offert à ses yeux. Manifestement, en enfermant ces idées sur sa charmante gouvernante à double tour, il avait seulement réussi à les renforcer.

— Miss Downy, venez vite ! s'exclama Rosie en déboulant dans le salon où Mandy s'adonnait au point de croix.

L'expression paniquée de l'enfant fit tambouriner son cœur. Mandy bondit hors du canapé et jeta son ouvrage de côté avant de sortir de la maison en courant. Elle entendit les pleurs de Tom avant même de le voir.

— Regardez !

Rosie lui montrait les anciennes écuries, celles qui n'étaient plus utilisées car elles tombaient en ruines. Là, perché sur le toit, se trouvait un petit garçon terrorisé qui hurlait d'une voix aiguë que Mandy n'avait encore jamais entendue. Son pied semblait avoir traversé le toit et y être coincé. Il était courbé, en appui sur ses deux mains et sur un genou, l'autre jambe enveloppée par le toit.

Elle se précipita dans sa direction.

— Comment est-il arrivé là-haut ? Où est Julie ?

— Je ne sais pas, répondit Rosie d'une voix plaintive.

Deux palefreniers étaient sortis pour voir la raison de ce vacarme, et le colonel et Miss Watson arrivèrent, tout essoufflés.

— Harry, l'échelle, vite ! ordonna le colonel.

Mandy fit le tour des anciennes écuries au pas de course et comprit comment Tom avait pu escalader le toit, grâce à la clôture, au rebord de fenêtre et aux nombreuses prises. Après une grande inspiration, elle se mit à grimper. De l'autre côté de la bâtisse, elle entendit que l'on mettait l'échelle en place et que l'on montait rapidement. Le colonel atteignit le toit en même temps qu'elle. Il la regarda d'un air surpris, puis se tourna aussitôt vers Tom et se mit à avancer lentement. Il ne parvint à faire que deux pas avant que la vieille structure cède sous son poids.

Mandy laissa échapper un cri de terreur qu'elle regretta aussitôt, car le hurlement que Tom poussa en réaction lui dressa les cheveux sur la nuque. L'une des jambes du Colonel avait traversé la toiture, mais il s'était rattrapé avec ses mains et était parvenu à se hisser. Il resta immobile, comme s'il craignait désormais de faire le moindre geste.

Mandy inspira profondément pour se calmer, soulagée que le colonel ne soit pas tombé pour de bon.

— Tom ! Rejoignez-moi, dit-elle en faisant signe à l'enfant.

— Non ! geignit-il, trop tétanisé pour bouger.

Mandy commença à se rapprocher, très lentement, dépassant le colonel.

— Non ! aboya-t-il. C'est trop dangereux, Miss Downy. Harry ! Lancez-moi une corde.

— Bien, Monsieur !

— Tout ira bien, je suis plus légère que vous, dit Mandy avec une sérénité feinte tout en poursuivant son chemin vers Tom.

— Miss Downy… sanglota le petit garçon en lui tendant les bras.

— Ne vous inquiétez pas, Miss Downy arrive, le rassura-t-elle. Miss Downy va vous sortir de là. Tout va bien. Tout va s'arranger.

Elle continua de parler tout en se rapprochant lentement, très lentement.

Elle n'était toujours pas tombée. *Dieu merci, ce n'est pas négligeable.* Elle commença à parcourir les derniers centimètres, mais avant qu'elle l'ait atteint, Tom se redressa, tira sa jambe du toit et se jeta tout bonnement dans ses bras. La surprise la fit trébucher en arrière, et elle entendit les cris du colonel et des autres restés en bas, mais elle ne perdit pas l'équilibre.

Tout en se mouvant avec encore plus de lenteur et de précautions qu'à l'allée à présent qu'elle avait une cargaison des plus précieuses dans les bras, elle se dirigea vers le colonel et l'échelle. Le colonel s'était levé et réfugié là où la poutre du toit pouvait soutenir son poids. Il tendit un long bras vers elle et, dès qu'elle en fut capable, elle s'empara de sa main. La force et la volonté de fer du colonel semblèrent se transmettre à elle à travers sa poigne tandis qu'il la tirait vers lui et la sécurité de la poutre.

Tom s'agrippait à elle, les bras autour de son cou, les jambes serrées autour de sa taille. Le colonel tendit les mains vers son fils, puis sembla changer d'avis.

— Voilà la corde, Monsieur le Colonel ! lança Henry en contrebas.

— Merci, mais je n'en aurai pas besoin. Tenez bien l'échelle.

Il regarda Mandy d'un air songeur tout en caressant le dos de Tom pour le rassurer.

— Si je descends le premier, laisseras-tu Miss Downy te mettre dans mes bras ? demanda-t-il au petit garçon.

Tom renifla et leva la tête. Puis il acquiesça lentement.

— Très bien. Je vais descendre la moitié des barreaux, puis Miss Downy te passera à moi.

Il se plaça prudemment sur l'échelle, qu'il descendit en partie avant de tendre ses grands bras en direction de Mandy. Regarder en bas lui donnait le vertige, mais elle prit une grande inspiration et décolla avec précaution Tom de son corps afin de le remettre à son père. Le colonel s'empara du petit garçon sans difficulté, le plaça sur sa hanche, et descendit en se tenant d'une seule main.

Julie vint lui prendre Tom des bras, puis le colonel se tourna vers Mandy.

— À vous maintenant, Miss Downy.

Elle hésita. Tout cela lui semblait soudain très effrayant. Elle n'était pas montée sur une échelle depuis qu'elle était petite.

— Retournez-vous et descendez à l'envers, précisa-t-il.

Oh, c'est vrai. Cela lui semblait plus familier. Elle chercha le premier barreau avec son pied et une fois qu'elle l'eut trouvé, elle descendit promptement jusqu'à ce que des mains se posent sur sa taille et la soulèvent pour la poser par terre. Tom lui tendit de nouveau les bras, ce qui ne fit pas plaisir à Julie, qui ne s'en formalisait pourtant jamais, d'habitude. Son visage était très pâle et apeuré.

Mandy était furieuse contre la nourrice, qui avait laissé les enfants sans surveillance, et elle n'était pas la seule.

— Où diable étiez-vous donc passée, Julie ? tonna le colonel.

— Je... je...

Malgré sa colère, Mandy craignit soudain que Julie perde son poste à cause de ce faux-pas, et elle ne voulait pas que cela arrive. Elle savait que la nourrice n'avait nulle part où aller ; pas de famille, personne.

— Je crois qu'il s'agit d'un malentendu, Monsieur le Colonel, improvisa-t-elle rapidement. Entre Julie et moi... sur la personne qui était supposée les surveiller.

Le colonel se tourna vers elle, ses yeux lançant des éclairs. Il la prit par le menton et approcha son visage du sien.

— Vraiment, Miss Downy ? demanda-t-il d'une voix dubitative.

Elle hésita.

— Oui, Monsieur.

Une expression déçue traversa le visage de son employeur.

— Vous m'aviez promis de ne plus me mentir, dit-il d'une voix très basse.

Elle sentit son estomac se contracter. *Oh, Seigneur.* Sa période d'essai ! À présent, elle risquait elle aussi d'être renvoyée. Ses yeux s'emplirent aussitôt de larmes.

— Je suis navrée, murmura-t-elle, implorant son pardon du regard.

Il la dévisagea un long moment.

— Pourquoi mentez-vous ? demanda-t-il, toujours à voix basse.

Personne ne pouvait l'entendre, mais l'intensité avec laquelle son regard brûlant la retenait captive lui enflammait les entrailles.

Elle déglutit péniblement.

— Euh... j'ai simplement... S'il vous plaît, Monsieur le Colonel, ne la renvoyez pas, chuchota-t-elle.

Il l'observa encore un instant, puis lui lâcha le menton.

— C'est vous qui veillerez sur mes enfants jusqu'à l'heure du coucher, lui dit-il.

Puis il se tourna vers la nourrice et ordonna :

— Allez m'attendre dans mon bureau.

Julie lui fit maladroitement la révérence, le visage ouvertement saisi par la panique, et elle regagna le manoir. Le cœur de Mandy battait toujours à tout rompre dans sa poitrine, et à présent, elle devrait passer les prochaines heures à étouffer la peur qui s'emparait d'elle à l'idée des conséquences qui l'attendaient. Avait-il menacé de la congédier si elle mentait à nouveau ? Elle ne s'en souvenait plus. Tout ce qu'elle savait, c'était qu'elle lui avait promis de ne plus recommencer. Elle marcha lentement en direction du manoir avec les enfants, parvenant tout de même à les consoler et à les rassurer. Le colonel les doubla avec ses grandes enjambées, l'air sombre, une cravache à la main. Mandy retint son souffle et se demanda si elle était destinée à Julie, à elle-même ou aux deux.

Elle n'aurait jamais imaginé espérer être fouettée, mais en réalité, c'était précisément ce qu'elle souhaitait. Cela valait mieux que de perdre son poste. Mais il l'avait mise à l'essai pour qu'elle fasse ses preuves, et il considérerait certainement son mensonge comme une infraction. Elle sentit de nouveau les larmes lui brûler les yeux. En plus de sa peur d'être renvoyée ou d'être punie par le colonel, elle était déçue d'avoir manqué à sa parole. Elle ne l'avait pas réalisé avant le moment-même, mais elle s'était mise à chérir le respect que son employeur avait pour elle, et elle était dévastée à l'idée de l'avoir perdu.

~

Charles avait dû mettre de côté son discernement pour fouetter Julie au lieu de la renvoyer. Il ne l'avait pas seulement fait à cause du plaidoyer de Miss Downy, bien qu'elle eût plus d'influence sur lui qui aurait voulu l'admettre. Mais les enfants aimaient leur nourrice, et elle était parmi eux depuis la naissance de Rosie. Elle les avait pratiquement élevés depuis le décès de Gracie. Il ne trouvait pas juste de leur arracher une autre personne qu'ils aimaient, même si celle-ci n'était pas aussi fiable qu'elle aurait dû l'être. Il ne pouvait qu'espérer que ses coups de cravache lui avaient inspiré assez de peur pour qu'elle ne manque plus à ses devoirs. Elle lui avait semblé pleine de remords, comme il se devait.

Il s'approcha du buffet et se servit un petit verre de brandy en attendant Miss Downy. Il le vida, puis s'assit derrière son bureau. La sensation pesante qu'il ressentait à l'idée de l'affronter n'avait rien à voir avec la colère. Il était blessé. Elle n'avait pas foi en son jugement et ne le respectait pas assez pour lui dire la vérité.

Il entendit un léger coup à la porte, et elle entra. Ses yeux s'emplirent de larmes dès qu'ils se posèrent sur lui, et le poids qu'il avait dans la poitrine s'accrut.

Elle ferma la porte et traversa la pièce pour s'asseoir en face de lui, sans attendre qu'il lui en donne l'ordre. Ses lèvres tremblaient, et elle porta une main à sa bouche pour le cacher, croisant son regard, les joues désormais baignées de larmes. Elle jeta ensuite un coup d'œil à la surface du bureau, où la cravache était toujours posée, et il vit un muscle tressaillir à sa tempe.

Elle ôta la main de sa bouche.

— Je suis navrée, murmura-t-elle. Vraiment, vraiment navrée.

— Je dois savoir que je peux vous faire confiance, Miss Downy.

— Je sais... je sais. Je comprends, et je ne tenterai plus jamais de vous duper. Je vous le *promets.* J'étais simplement... J'ai eu peur que vous renvoyiez Julie, elle qui a encore moins de personnes vers qui se tourner que moi.

— Je comprends cela. Au lieu de me mentir, vous auriez peut-être pu plaider en sa faveur.

Elle le regarda d'un air hébété, puis hocha la tête.

— Oui, j'aurais dû, dit-elle avant de baisser les yeux.

— Vous semblez sincèrement regretter votre comportement, Miss Downy.

Il se leva, désireux d'en finir le plus vite possible.

Elle l'imita.

— Je regrette Monsieur. Véritablement.

— Très bien. Penchez-vous sur le bureau.

L'expression soulagée sur son visage le perturba, et il réalisa qu'une fois de plus, elle avait dû craindre de perdre son poste. Il était attristé qu'elle ait eu si peur. Son désir de la protéger, de la rassurer et de lui montrer qu'elle était en sécurité ressurgit. Il secoua la tête, ébahi par le tumulte d'émotion qu'il percevait autour de la jeune femme.

Elle lui avait obéi et elle souleva sa robe et son jupon sans qu'il eût besoin de le lui ordonner. Elle se mit à pleurer avant même qu'il commence. Il lui asséna un coup cinglant, et elle poussa un cri. Il abattit la cravache une deuxième fois. Les fesses serrées, elle haleta. Elle se mit à danser d'un pied sur l'autre, comme pour soulager la douleur. Il continua de frapper, et elle cria à chaque fois, avant de sangloter en silence. Dès que la cravache mordait sa chair tendre, elle laissait une ligne rouge et gonflée. Encore et encore, il la fouetta, les dents serrées face à cette tâche pénible. Quand il décida que cela suffisait, il remit sa robe en place et jeta la cravache sur le bureau, là où elle pourrait la voir.

Après quelque temps, il lui tendit son mouchoir. Elle se redressa et le surprit en se jetant dans ses bras. La sensation pesante dans sa poitrine disparut, remplacée par la chaleur de son affection. Il l'étreignit et lui caressa les cheveux ainsi que le dos tandis qu'elle blottissait son visage mouillé contre sa poitrine. Il s'autorisa à effleurer ses cheveux de ses lèvres, à humer leur douce odeur de lavande, à caresser sa chevelure épaisse et soyeuse. Peut-être sentit-elle ses lèvres sur sa tête, ou alors réalisa-t-elle qu'elle n'aurait pas dû se tenir dans ses bras, car elle tenta de se dégager, mais il ne la laissa pas faire. Il la serra contre lui.

— Je ne veux pas que vous soyez en colère contre moi, dit-elle contre sa poitrine, sa voix étouffée par sa chemise et déformée par ses larmes. J'ai tant œuvré pour vous satisfaire. J'ai toujours l'impression de tout rater.

Il lui souleva le visage, mais pressa de nouveau bien vite sa joue contre son torse. Il lui caressa la joue, séchant ses larmes par la même occasion.

— Votre mensonge m'a blessé, Miss Downy, dit-il avec une douleur sincère. Cela me donne l'impression que vous n'avez pas foi en mes règles ou en mon autorité.

Elle sembla y réfléchir. Elle leva la tête pour croiser son regard.

— Vous avez raison. Sur le fait que je n'avais pas foi en cela, je veux dire. Mais j'aurais dû. Et c'est le cas, désormais.

— Merci, dit-il simplement.

Il lui semblait qu'elle disait la vérité, et cela soulageait ses sentiments froissés. Ils restèrent ainsi en silence un moment. Puis il déclara :

— Vous avez fait preuve d'un courage extraordinaire sur le toit. Je ne pourrai jamais assez vous remercier d'avoir sauvé Tom.

Il la lâcha peu à peu. Puis, sentant sa main le lancer, il l'ouvrit et la referma plusieurs fois. Au moins trois douzaines d'échardes s'étaient fichées dans sa paume lors de sa chute sur le toit. À présent, sa chair était rouge et enflammée.

— Oh, votre main ! s'exclama-t-elle. Monsieur le Colonel, votre pauvre main.

— Tout va bien. J'ai simplement besoin d'un couteau pour ôter les échardes.

— Un couteau ? Surtout pas ! Je vais chercher une aiguille dans ma trousse à couture. Cela fonctionnera beaucoup mieux. Attendez-moi ici, je reviens tout de suite.

Elle sortit aussitôt en s'essuyant les joues et en tentant de se lisser les cheveux. Lorsqu'elle revint, il s'était assis sur le canapé. Elle prit place à ses côtés et sortit sa pelote à épingles avant de choisir une aiguille. Ôtant ses gants, elle posa la main de Charles sur ses genoux et se mit à extraire les échardes une à une. Elle s'y prenait avec patience et délicatesse, pressant la peau pour faire sortir les échardes, jetant des coups d'œil à son visage comme pour vérifier qu'elle ne lui faisait pas mal.

La tâche était ardue à cause de la direction dans laquelle elles avaient pénétré sa peau ; sa main n'était pas au bon angle. Miss Downy ne cessait d'essayer de lui retourner le poignet, jusqu'à ce qu'il se mette à rire.

— Je ne crois pas que ma main aille dans ce sens-là, Miss Downy !

— Oh, je suis navrée ! s'exclama-t-elle, chagrinée.

Cela le fit rire à nouveau.

— Tenez, essayez comme cela.

Il passa le bras autour de sa taille et la serra contre lui, puis lui donna sa main. L'angle était bien meilleur, désormais, et il aimait la sentir nichée contre lui. Elle était presque sur ses genoux, une chaleur et un fourmillement avaient envahi sa peau. Miss Downy sembla se détendre, ce qui était tellement rare qu'il aurait voulu que ce moment dure toujours. Il regarda ses doigts fins et habiles extraire chaque écharde et s'imagina prendre sa main nue dans la sienne pour l'embrasser.

— Suis-je pardonnée ? demanda-t-elle timidement en lui jetant un autre coup d'œil.

— Oui, Miss Downy, vous êtes pardonnée, répondit-il d'un ton apaisant. Jamais je ne punirais sans pardonner.

Ses joues prirent une jolie teinte rose et elle esquiva son regard, manœuvrant adroitement les échardes. Sa soumission et son désir évident de le satisfaire l'émouvaient. Il s'imagina fugacement l'attirer pleinement sur ses genoux et enfouir le visage dans son décolleté si accueillant. Au lieu de cela, il laissa la douleur de l'aiguille et des échardes amoindrir le désir qui montait en lui.

Le lendemain, Mandy éprouvait tour à tour de la joie et du chagrin. La terrible mésaventure de Tom, sa peine à l'idée d'avoir déçu le colonel, la douleur de sa fessée et l'incroyable intimité qu'elle avait partagée avec son employeur pendant qu'elle ôtait ses échardes l'avait secouée. Elle ressentit une grande timidité, au cours des jours suivants, et ce fut seulement une maladie au sein de la maisonnée qui lui permit de laisser tout cela au passé. À la fin de la semaine, presque tous les habitants du manoir étaient souffrants, y compris les domestiques.

— Miss Downy, je crois que vous êtes débordée, lui dit l'apothicaire en lui remettant un flacon de laudanum ainsi que ses instructions sur le dosage.

Tous les membres de la maisonnée étaient au lit avec de la fièvre, des éruptions cutanées et des maux de gorge.

— Merci, Mr Sutton, je suis contente que vous soyez venu.

Elle le raccompagna à la porte puis se rendit dans la cuisine pour tisonner le feu et faire bouillir un peu d'eau pour le thé. Personne n'avait rien mangé depuis plus d'une journée, mais elle tentait de leur faire boire du thé, et désormais, elle avait de l'opium pour soulager leurs douleurs. Elle se rendit d'abord au chevet du colonel, car sa fièvre était la plus grave. Penchée sur lui, elle lui épongea le front avec un linge humide, et il se réveilla, battant des paupières et posant accidentellement le regard sur sa poitrine. Elle arrêta de l'éponger et s'employa à lui faire prendre une généreuse dose de laudanum. Il la prit, la remercia, et se rallongea, fermant bien vite les paupières pour se rendormir.

Elle fit la tournée des malades du manoir. Julie n'allait pas bien, mais s'occupait admirablement des enfants malgré ses propres souffrances. La plupart des domestiques étaient malades, mais ceux qui avaient ressenti les premiers symptômes avant les autres semblaient se rétablir, ce qui rassurait Mandy, qui avait craint que toute la maisonnée trépasse. Il était miraculeux qu'elle soit indemne. Elle était un peu fatiguée et sa gorge la grattait depuis maintenant quelques jours, mais la maladie n'avait pas eu plus d'effets sur elle. *Dieu merci.*

Quand elle se fut rendue au chevet de tous les malades, il fut de nouveau temps de passer voir le colonel. Elle entra dans sa chambre et mouilla le linge qu'elle appliqua sur son front et son visage. Il gémit et posa la main sur la sienne. Elle tenta de se dégager avec douceur, mais il posa son autre main sur son sein, qu'il pétrit légèrement, caressant son téton avec son pouce. Elle se figea, et une vive sensation voyagea de son téton dressé jusqu'à son bas ventre. Les paupières du colonel étaient mi-closes et son regard était flou. Il poussa un petit gémissement. Il ne pouvait pas savoir ce qu'il faisait ; c'était l'opium qui le poussait à agir ainsi. Elle tenta de reculer, mais il glissa un bras autour de sa taille et la tira avec lui dans le lit.

— Ah, Gracie, marmonna-t-il.

Gracie. Ce devait être son épouse.

— Non, c'est Miss Downy, dit-elle.

Il continua comme s'il ne l'avait pas entendue. Il la serra contre lui, son dos moulé à son torse, et ses mains fiévreuses se mirent à parcourir son corps de haut en bas.

— Pourquoi vous couchez-vous tout habillée ? grommela-t-il. Vous savez bien que c'est interdit…

Les mots étaient stricts, mais il les prononçait d'un ton chaleureux et séducteur.

Mandy tenta de rouler hors de sa portée, mais c'était impossible ; il lui enlaçait fermement la taille. De sa main libre, il explora son corps, soulevant ses jupons jusqu'à trouver de la peau dans un grognement approbateur. Sa paume glisse le long de sa jambe puis de sa hanche, avant de caresser la courbe de ses fesses nues. Cette sensation la paralysait ; trop surprise pour respirer, trop fascinée pour parler. La main redescendit sur sa hanche puis plongea entre ses cuisses, doigts emmêlés dans ses boucles soyeuses, pour l'explorer plus profondément.

Elle serra les jambes le plus fort possible, mais le colonel lui parla à l'oreille, son haleine chaude contre son visage, son timbre grave la faisant frissonner :

— Ouvrez-vous à moi, murmura-t-il.

Les cuisses de Mandy s'écartèrent d'elles-mêmes. Les doigts du colonel glissèrent le long de l'entrée mouillée de son sexe, puis l'un de ses doigts la pénétra avec douceur. Haletante, elle lui prit la main et serra de nouveau les jambes, mais il susurra :

— Chut.

Le mouvement de ses doigts était merveilleux, mais à la fois, l'esprit de Mandy protestait face à ce geste déplacé. Une sensation impressionnante montait en elle, un mélange de son désir né du plaisir qu'il lui octroyait et de sa peur à l'idée qu'il reprenne subitement ses esprits et réalise ce qui était en train de faire. Mais il ne reprit pas ses esprits, et elle était incapable de quitter ses bras. En tout cas, c'était ce qu'elle essayait de se dire lorsqu'elle ferma les paupières et se laissa porter par les sensations délicieuses qu'il produisait en elle. Lorsque le plaisir devint plus puissant, elle remua les jambes, toujours accrochée à sa main, et fit rouler sa tête de droite à gauche jusqu'à atteindre l'apogée, ses muscles contractés sur le doigt du colonel, ses cuisses transformées en étau, sa propre voix poussant une exclamation.

— Mmm... c'est bien, Gracie, murmura le colonel en l'embrassant sur l'oreille.

L'entendre l'appeler Gracie l'aida à se tirer de sa langueur, et elle lutta de nouveau pour se libérer. Il se contenta de rire.

— Où allez-vous ? Je suis loin d'en avoir fini.

Elle sentit sa main bouger derrière elle, puis le bout de son sexe raidi se colla à son entrée et elle paniqua pour de bon, remuant et donnant des coups de pieds jusqu'à s'être assez libérée pour bondir hors du lit. Le colonel s'assit et se frotta les yeux, tourné vers elle mais toujours incapable de voir clair. Il semblait conscient qu'elle n'était pas Gracie, cependant son regard était dérouté. Elle tourna les talons et fuit la pièce au plus vite.

CHAPITRE SIX

*I*l se réveilla comme un déterré. Sa bouche semblait remplie de coton, et ses membres étaient lourds et endoloris. Il avait rêvé de Miss Downy. Non... *Oh, Seigneur.* Ce n'était pas un rêve.

Était-ce réel ? Elle l'avait soigné, et il l'avait tirée dans son lit. Que Dieu lui pardonne, il espérait qu'il s'agissait d'un rêve. Il repoussa ses draps trempés de sueur et sortit du lit. Il devait en avoir le cœur net. Il enfila un pantalon et une chemise, mais ne prit pas la peine de mettre des chaussures. Après avoir cherché la gouvernante à l'étage, en vain, il descendit.

— Miss Downy ?

Il la trouva dans la cuisine. Elle sursauta et poussa un petit cri aigu tout en pivotant face au seuil, où il se tenait. Son expression en disait long. Il n'avait pas rêvé. Elle n'avait jamais semblé moins contente de le voir.

— Colonel, couina-t-elle en reprenant une expression neutre. Avez-vous faim ?

— Non. Je vous cherchais.

Il examina son expression pincée et avança lentement,

son esprit passant rapidement en revue ce dont il se souvenait. Elle posa sa tasse de thé et se leva.

Il la prit doucement par les épaules et la dévisagea.

— J'ai cru avoir fait un rêve. Mais je ne suis pas certain qu'il s'agisse d'un rêve.

Elle rougit et bâtit des paupières à toute vitesse.

— Ce n'était pas un rêve, n'est-ce pas ?

Elle déglutit.

— Monsieur ?

Elle allait faire mine de ne pas comprendre de quoi il parlait.

— Je suis navré. J'étais perdu.

— Oui. Vous m'avez appelée Gracie. C'est l'opium qui vous a égaré, voilà tout, dit-elle d'un ton rassurant.

— Oui, dit-il avec lenteur. Je vous ai prise pour Gracie, mais je me demande comment j'ai pu me tromper ainsi. Je n'aurais pas eu besoin de la tirer de force dans notre lit...

Il secoua la tête pour s'éclaircir les idées. *Que lui avait-il fait ?*

— C'était à cause du laudanum. Ne vous en faites pas.

— Qu'ai-je donc fait ?

Il humecta ses lèvres gercées par la fièvre.

— Qu'ai-je fait, au juste ?

Elle secoua la tête.

— Rien, Monsieur le Colonel. Vous étiez simplement perdu, dit-elle d'un ton un peu trop ferme.

C'était un mensonge, il le sentait.

— Je crois que je vous ai fait quelque chose de terrible.

Elle paraissait distinctement mal à l'aise.

— Ce n'était pas *si* terrible que cela, marmonna-t-elle.

— Qu'ai-je fait ?

— Rien. Je vous l'ai dit... rien du tout.

Il chassa une mèche de cheveux qui lui tombait sur le

visage. La pauvre. Il l'avait placée dans une position délicate. Bien sûr qu'elle n'avait pas envie d'en parler avec lui.

— Vous m'avez promis de ne plus me mentir, lui dit-il avec douceur, tendresse.

Les larmes montèrent aux yeux de la gouvernante. Elle se détourna.

— Je n'ai pas envie de mentir. Mais je suis incapable de dire ces choses.

Il chercha un mouchoir dans sa poche, mais elle était vide, aussi se servit-il de son pouce pour essuyer ses larmes.

— Je suis navré.

— Je vous en prie, laissez-moi, Monsieur, dit-elle en faisant un pas en arrière, regardant autour d'elle comme si quelqu'un risquait d'arriver.

— Venez.

Il plaça une main dans son dos et la guida hors de la pièce. Il la mena dans son bureau. Sur le seuil, elle hésita.

— Ne vous en faites pas, vous êtes en sécurité avec moi, murmura-t-il pour la rassurer.

Il ferma la porte derrière eux puis la mena jusqu'à son bureau imposant. Il la prit par la taille et l'assit sur la surface de bois.

— Je crois avoir glissé les doigts entre vos cuisses. Est-ce vrai ? s'enquit-il.

Elle se mordit la lèvre inférieure et détourna les yeux, le cou et les oreilles rosis.

— Je suis terriblement désolé, Miss Downy. Je me suis ridiculisé, je vous ai humiliée, et vous ne méritez pas cela. Pourrez-vous un jour me pardonner ?

— Bien sûr, dit-elle à la hâte, comme pour mettre un terme à cette conversation au plus vite afin de s'échapper.

— Est-ce tout ce que j'ai fait ?

Comme elle ne répondait pas, il ajouta :

— Permettez-moi de présenter la chose de cette façon… Êtes-vous toujours vierge ?

— Colonel, je vous en prie.

Il lui leva le menton.

— Oui ou non ?

Elle se dégagea.

— Oui.

— En êtes-vous certaine ?

Il n'arrivait pas à déterminer si elle mentait, tant elle semblait mal à l'aise.

— Je veux dire… ai-je placé autre chose entre vos jambes ? Autre chose que mes doigts ?

Il la regarda avec insistance, espérant lire une réponse sur son visage.

— *Colonel !*

— Pardonnez-moi, seulement… j'ai du mal à savoir si vous me mentez ou si vous êtes simplement gênée.

— Lâchez-moi, Monsieur le Colonel, dit-elle avec véhémence.

Elle se laissa glisser du bureau et se dirigea vers la porte.

Le cœur de Charles battait dans un rythme irrégulier. Avait-il couché avec sa gouvernante ? Si c'était le cas, il l'épouserait ; il s'agissait de la seule réaction convenable. Mais il devait s'assurer de ce qu'il avait fait. Même s'il n'avait pas couché avec elle, il avait abusé d'elle. Il devait trouver le moyen de se rattraper.

～

Les deux jours suivants, ils s'évitèrent soigneusement, jusqu'à ce que toute la maisonnée se soit rétablie et que leurs vies reprennent leur cours normal. Entre temps, il avait trouvé un moyen de se racheter après sa terrible gaffe.

— Miss Downy, dit-il ce jour-là au petit-déjeuner. Vous nous avez tous admirablement soignés. J'estime que vous méritez des vacances.

Elle le regarda avec surprise.

— Aimeriez-vous rendre visite à votre mère ?

— Eh bien, oui ! Avec grand plaisir… mais pouvez-vous vous passer de moi ?

— Bien entendu, vous manquerez aux enfants, mais nous nous débrouillerons, répondit-il avec un sourire forcé. Vos congés seront payés, bien entendu, et vous voyagerez avec ma calèche.

Il n'avait toujours pas déterminé ce qui avait eu lieu entre eux, mais sa culpabilité l'étouffait. Il n'avait rien trouvé de mieux que ces vacances pour rendre visite à sa mère.

La joie sur le visage de Miss Downy fut un véritable cadeau.

— Merci Monsieur le Colonel !

— Je vous en prie, vous le méritez. Allez faire vos bagages. Vous pouvez partir dès que vous serez prête.

Lorsqu'elle revint avec son sac, il la mena en personne à la calèche.

— Merci, Monsieur le Colonel, répéta-t-elle.

Il saisit sa main gantée et la dévisagea. Il craignait à moitié qu'elle ne revienne jamais.

— Je vous renverrai la calèche dans une semaine, dit-il.

— Je serai prête.

Il hocha la tête et agita la main alors que la calèche s'éloignait. Il espérait qu'elle disait vrai.

Mais une nouvelle peur s'empara de lui quatre jours plus tard quand il reçut la lettre d'un avocat londonien. Il l'ouvrit et la lut. Sa peau se glaça tandis qu'il parcourait les mots. Il s'agissait d'une demande de référence pour Miss Amanda Downy, sa gouvernante. Manifestement elle avait postulé à un autre poste. Il chiffonna la lettre et la jeta à travers la pièce, saisi par une possessivité pleine de colère. Elle voulait partir. Elle était partie.

Était-ce à cause de ce qu'il lui avait fait ? L'avait-il souillée et le lui cachait-elle ? Était-elle trop humiliée pour l'affronter à nouveau ? Il se leva et se mit à arpenter son bureau, les poings serrés. Comment avait-il pu abuser d'elle ainsi ? Il était mort de honte. Il allait devoir la demander en mariage, c'était la seule solution. Il savait qu'elle n'avait aucune envie d'épouser un homme tel que lui, mais s'il avait compromis son innocence, il devait affronter ses responsabilités.

Il envisagea de monter de ce pas dans sa calèche pour se rendre chez la famille de Miss Downy, mais il ne souhaitait pas la mettre davantage dans l'embarras. Il attendrait. Si elle refusait de rentrer lorsqu'il lui enverrait la calèche ce samedi, il irait la chercher.

∼

— Miss Downy !

Le colonel était venu à la rencontre de la calèche qui la reconduisait au manoir, ce qui la surprit.

— Bienvenue.

— Merci Monsieur le Colonel.

Elle saisit la main tendue et descendit en lui adressant un sourire reconnaissant. En son absence, elle avait décidé d'agir comme s'il ne s'était rien passé entre eux, de ne rien montrer de sa gêne. Mais de toute évidence, le colonel n'avait pas pris la même résolution. Il semblait quelque peu agité, bien qu'il gardât son masque inexpressif habituel.

— Vous avez raté les réjouissances, Miss Downy ! s'exclama Miss Watson lorsqu'elle pénétra dans le manoir. De nouveaux voisins sont arrivés, les Livingston. Miss Livingston et sa sœur Miss Jane Livingston nous ont rendu visite et nous ont invités à dîner chez elles en votre absence. Mr Livingston est leur frère, et son ami, Mr Bates, est tout à fait charmant.

Mandy se rappelait l'avoir vue sourire ainsi à Londres. Miss Watson était amoureuse. Mais désormais, Mandy était curieuse. Elle avait fini par apprécier Miss Watson et souhaitait son bonheur.

— Charles a promis que nous pourrions organiser un petit bal ici à votre retour, n'est-ce pas Charles ?

Le colonel se tenait sur le seuil. Il hocha brièvement la tête. Le cœur de Mandy fit un petit bond à l'idée qu'il ait voulu attendre son retour.

— Quand aura lieu le bal ? s'enquit-elle.

— Pourquoi pas demain soir ? suggéra Miss Watson avant de se tourner vers son frère. Charles ?

— Oui, très bien, répondit-il d'un air distrait.

Il tourna les talons et les laissa à leurs discussions de femmes au sujet des invités et de la disposition des meubles pour créer une piste de danse. Mandy était tout aussi enthousiaste que Miss Watson. Elles passèrent des heures à parler du menu ainsi que des rafraîchissements et à demander aux domestiques de disposer les meubles de telle ou telle façon.

Le lendemain soir, Mandy revêtit sa plus belle robe, en soie verte et taffetas avec un décolleté plongeant. Elle regrettait de ne pas posséder de collier étincelant, mais son médaillon ferait l'affaire. Elle tira ses cheveux en arrière, ne laissant que quelques mèches tomber dans son dos.

Les Livingston dînaient avec eux avant le bal, et lorsqu'ils arrivèrent, l'on présenta Mandy à Mr Livingston, ses sœurs et Mr Bates, l'ami de la famille.

— J'espère que cela ne vous dérange pas, mais mon secrétaire particulier vient d'arriver de Londres, et je l'ai invité à se joindre à nous, annonça Mr Livingston.

Mandy retint son souffle, consternée. Mr Bartlby.

L'homme avait un air ravi plein de suffisance. Il devait savoir qu'il la verrait ce soir-là.

— Oui, nous nous connaissons déjà, dit Bartlby en serrant la main du colonel.

— En effet, dit ce dernier pour toute réponse.

Bartlby fut présenté à Miss Watson, puis il se tourna vers Mandy en s'inclinant exagérément.

— Miss Downy, dit-il d'un ton théâtral. Quel plaisir de vous revoir !

Ce n'était pas réciproque. Elle lui fit la révérence, échangea quelques politesses, puis ôta sa main de la sienne au plus vite tout en jetant un regard au colonel, qui observait la scène de son air le plus impassible. Elle savait que Bartlby n'était pas responsable de sa réticence à le revoir. Il lui rappelait simplement ses propres égarements le soir de l'accident de calèche.

Lorsque l'heure du dîner sonna, Miss Watson, en parfaite hôtesse, invita les femmes, selon leur rang, à la précéder dans la salle à manger. Elle avait réalisé son plan de table selon les nouvelles convenances, alternant les hommes et les femmes autour de la table de telle manière que les sœurs Livingston étaient assises de part et d'autre du colonel en tête de table. Elle-même était entourée de Mr Livingston et de Mr Bates. Appartenant au rang le plus bas, Mandy était assise au milieu, entre Mr Bates et Miss Jane Livingston, face à Bartlby.

— Dites-nous, combien de temps restez-vous à la campagne, Mr Bartlby ? s'enquit-elle poliment.

— Quinze jours seulement, je pense. Puis je retournerai

m'occuper des affaires de Mr Livingston à Londres, dit-il d'un ton hautain.

Dans un murmure, elle apporta la réponse appropriée à ce genre d'information.

— Il semblerait que vous appreniez aux enfants à parler un français parfait, intervint Miss Jane Livingston.

Mandy sourit.

— Ma mère est française, je n'ai donc aucun mérite. J'ai appris cette langue dès ma plus tendre enfance, répondit-elle avec humilité.

— C'est vrai, votre mère était une aristocrate, n'est-ce pas ? demanda Bartlby, visiblement ravi de s'en être souvenu.

Mandy rougit. Elle regrettait qu'il ait tant d'informations à son sujet et qu'il ne sache pas se taire.

— Oh, vraiment ? dit Miss Jane, visiblement curieuse, et Mandy passa le reste du repas à répondre à ses questions concernant sa mère et sa fuite durant la Révolution française.

Après le repas, ils se retirèrent au salon qui avait été aménagé pour y danser. Miss Watson avait invité tous les voisins de haute naissance, même si les Livingston et leurs invités étaient les seuls jeunes gens qui n'étaient pas déjà mariés. Leur bal était trop modeste pour qu'il soit nécessaire de réserver des danses, aussi les gentilshommes se contentèrent-ils d'aller voir les dames pour les inviter.

— Miss Downy, m'accorderez-vous cette première danse ? lui demanda Bartlby, comme Mandy s'y était attendue.

— Bien sûr, répondit-elle avec un faible sourire.

Il la mena sur la piste et ils commencèrent à danser. Elle parvint à lui faire la conversation tout en observant les autres couples. Le colonel dansait avec l'aînée des Miss Livingston, et Miss Watson dévorait Mr Bates des yeux.

Le colonel invita Mandy pour la deuxième danse. Il avait choisi une valse, la danse qu'elle préférait, mais qui exigeait également d'eux qu'ils soient particulièrement proches. Il était très bon meneur, son bras fermement glissé autour de sa taille, ses pas précis et assurés. Malgré la gêne qui flottait toujours entre eux, elle savoura son étreinte et la facilité avec laquelle il la guidait.

Elle pria pour qu'il ne parle ni de Bartlby ni de l'incident, mais il semblait avoir autre chose en tête.

— Miss Downy ?

— Oui Monsieur ?

Il garda le silence un moment, comme s'il cherchait la meilleure formulation.

— Avez-vous postulé ailleurs ?

Oh. Elle trébucha, fit un faux pas, et il dut la rattraper et la guider. Elle se mordit la lèvre et lui jeta un regard coupable. Comment l'avait-il découvert ? Quelqu'un avait dû lui demander une référence. Était-il fâché ?

— Monsieur, j'ai seulement…

Elle prit une grande inspiration et souffla.

— Je voulais simplement avoir un plan de secours si vous ne me gardiez pas après ma période d'essai.

La crispation quitta peu à peu les traits du colonel, et elle le sentit se détendre.

— Je vois. Oui, bien sûr, la période d'essai. C'était prudent de votre part.

Elle était soulagée qu'il ne soit pas en colère.

— Je suis navrée. Peut-être aurais-je dû vous informer de mes démarches ?

Il secoua la tête, puis haussa les épaules.

— Peut-être, mais tout va bien. Avez-vous reçu d'autres offres ?

Elle secoua la tête avec méfiance.

— Non, Monsieur.

— Vous n'avez donc pas l'intention de partir ?

Nouvelle dénégation.

— Vous pouvez considérer votre période d'essai comme terminée, Miss Downy, dit-il d'un ton ferme, comme s'il lui annonçait une mauvaise et non une bonne nouvelle.

— Je vous remercie Monsieur.

Elle osa un regard vers lui. Pour une fois, ses yeux ne la sondaient pas. Au lieu de cela, ils virevoltaient aux quatre coins de la pièce, comme s'il évitait soigneusement son regard. D'ailleurs, il posa à peine les yeux sur elle durant le reste de leur valse.

~

Il n'avait certainement jamais souhaité épouser Miss Downy.

Pourtant, il était étonnamment déçu de ne plus être obligé de la demander en mariage. Elle était revenue, ne s'était pas mise en quête d'un autre poste afin de ne plus le voir, et elle faisait comme s'il ne s'était rien passé entre eux. Tout ceci aurait dû le satisfaire. Pourtant il se sentait étrangement vide. Comme si l'idée qu'elle reste simplement gouvernante ne lui suffisait plus. Mais c'était absurde. N'est-ce pas ?

Il fut soulagé que la danse se conclue, bien qu'il fût légèrement agacé lorsque Bartlby, cet homme insipide, l'invita de nouveau. Il dansa quant à lui avec Miss Jane Livingston qui l'impressionna par ses bonnes manières et sa conversation agréable. Il remarqua que Mr Bates avait à nouveau invité Lucinda, et même si d'ordinaire, deux danses lors d'un même bal auraient pu dévoiler des intentions matrimoniales, dans ce cas précis, l'assistance était tellement réduite que personne ne tirerait de conclusions. Il devait se montrer prudent, cependant, car Lucinda n'avait plus de chaperon pour la surveiller.

À la fin de la soirée, après le départ des invités, ils se retrouvèrent tous les trois autour d'une tasse de lait chaud avant d'aller se coucher.

— C'était charmant. Merci, Charles, lui dit sa sœur, visiblement heureuse.

Il était content qu'elle ait retrouvé sa bonne humeur. Il lui adressa un sourire affectueux.

— Je suis ravi que vous ayez enfin réussi à vous divertir à la campagne, la taquina-t-il.

— Que pensez-vous des Livingston ?

— Je les aime bien, répondit-il sans en dire davantage.

Ses pensées s'étaient de nouveau tournées sur le fait déplaisant que Bartlby était venu au bal et avait invité Miss Downy à danser deux fois.

Lucinda s'impatienta.

— Une préférence en particulier ?

Il haussa les épaules.

— Et que pensez-vous de Mr Bates ? insista-t-elle.

— On le dit sans le sou, répondit-il de but en blanc.

Lucinda eut un mouvement de recul.

— Vraiment ?

Il s'efforça de se concentrer sur leur conversation.

— Oui. Il a suivi des études supérieures et a une formation d'architecte, mais je crois qu'il préfère profiter des bonnes grâces de Mr Livingston plutôt que de travailler comme les autres membres de la classe moyenne.

Lucinda semblait déconcertée.

— Oh, c'est vrai, oui. Je crois qu'il a parlé d'architecture à un moment… mais je pensais qu'il n'avait tout simplement pas besoin de travailler.

— Eh bien, il n'en a pas *besoin*, n'est-ce pas ?

Il fut incapable de masquer la pointe de jugement dans

son ton. Il n'aimait pas les hommes qui ne traçaient pas leur propre chemin dans la vie.

Le lendemain matin, il se réveilla d'humeur massacrante, pris d'une lourdeur dans la poitrine. Durant le petit-déjeuner, Lucinda aussi semblait être dans de mauvaises dispositions. Il ne lui prêta pas attention, trop dérouté par ses propres émotions tumultueuses. Il décida de faire un tour à cheval pour s'éclaircir les idées.

Il galopa avec Banto sans cesser de ressasser. Épouser Miss Downy n'était pas nécessaire. De toute évidence, elle était disposée à oublier l'incident, et il devrait donc l'imiter. Si dans un mois, il remarquait qu'elle était indisposée, il saurait que les choses étaient allées plus loin qu'elle l'avait admis, et il l'épouserait. Il savait qu'elle n'avait aucune envie d'être mariée à un militaire rigide tel que lui, mais il pourrait au moins lui prodiguer confort et honneur.

En rentrant, il vit que Miss Downy et Lucinda brodaient ensemble, et il fut d'abord ravi, avant de remarquer l'air courroucé de sa sœur. Les sourcils froncés, il resta sur le seuil sans être vu. Il avait prévenu les deux jeunes femmes qu'il ne voulait pas qu'elles se disputent, et il était prêt à les fesser toutes les deux si nécessaire.

— Mr Bartlby semblait très épris de vous, dit froidement Lucinda.

Charles se raidit sans le vouloir.

Miss Downy répondit d'un ton prudent :

— Je ne crois pas. Il y avait peu de cavalières de son âge, voilà tout.

— Vous iriez bien ensemble.

— Si vous faites référence à son statut, je suppose que vous avez raison. Mais je pense que le couple ne se limite pas aux finances, ne trouvez-vous pas ?

— Bien sûr que *vous* êtes de cet avis. Votre ambition serait d'épouser un homme d'un statut supérieur au vôtre, n'est-ce pas ?

Miss Downy rougit de colère.

— D'un statut supérieur au mien ? Pas du tout, je préférerais par-dessus tout un mariage d'amour. Il faudrait avoir l'esprit *étriqué* pour croire que seuls la richesse et le statut comptent.

— Il faut être bien *bourgeoise* pour croire aux mariages d'amour ! rétorqua Lucinda.

— Ça suffit ! intervint Charles.

Elles sursautèrent. Il ne pouvait plus supporter leurs prises de bec et souhaitait encore moins entendre parler de leurs maris potentiels.

— Dans mon bureau, toutes les deux. *Immédiatement.*

Miss Downy et Lucinda le regardèrent avec la même expression horrifiée. Elles se mirent lentement debout et il leur fit signe d'entrer dans la pièce.

— Penchez-vous sur le bureau et levez vos jupons.

Miss Downy leva les yeux, et lorsqu'elle vit son expression sévère, ceux-ci s'emplirent de larmes. Il regretta un instant de devoir la punir, et son visage lui témoigna sa compassion, mais il indiqua tout de même son bureau d'un signe du menton. Elle déglutit et leva ses jupons, penchée avec réticence sur la surface de bois. Lucinda était pleine de colère, mais elle le connaissait suffisamment pour ne pas l'implorer ou le contredire. Elle se pencha sur le bureau et souleva sa robe.

Il prit sa lanière de cuir dans un tiroir. Quand les soldats se disputaient au sein d'un régiment, ils avaient une méthode bien rodée pour y venir à bout. Les deux hommes étaient mis aux travaux forcés, et ni l'un ni l'autre ne pouvait être libéré sans l'accord de l'autre. Cela les obligeait à s'incliner face à l'autre pour sauver leur peau. Mais sa sœur était aussi entêtée que lui, et il n'était pas certain que cela fonctionnerait. Il se plaça à côté d'elle. Elle retenait son souffle. Les deux coups de lanière qu'il lui asséna semblèrent trop bruyants dans la pièce silencieuse. Lucinda haleta et poussa un cri. Puis Charles se tourna vers Miss Downy et donna deux grands coups sur ses fesses rondes. Il revint à Lucinda pour frapper deux nouvelles fois, puis réserva le même sort à la gouvernante. Des larmes échappaient déjà à ses yeux, et elle haletait à cause de la douleur.

— Dis-moi, Lucinda, Miss Downy a-t-elle été suffisamment punie ?

Sa sœur tourna la tête vers la gouvernante.

— Non, répondit-elle les dents serrées, car elle jugeait certainement l'autre femme responsable de leur mésaventure.

— Très bien, dit-il.

Il asséna deux nouveaux coups au derrière de sa sœur, puis à celui de Miss Downy. La gouvernante poussa une plainte.

— Miss Downy, Miss Watson a-t-elle été suffisamment punie ?

— Oui ! s'exclama-t-elle.

Il n'était pas surpris. Miss Downy était une femme intelligente et pas particulièrement orgueilleuse. Elle avait sûrement compris son stratagème.

— Lucinda, Miss Downy a-t-elle été suffisamment punie ?

— Non ! lança de nouveau sa sœur les dents serrées.

Il entendit la gouvernante souffler avec colère, et il répéta :

— Très bien.

Il abattit de nouveau sa lanière de cuir sur les fesses rougies de Lucinda. Son deuxième coup tomba en haut de ses cuisses, et elle laissa échapper un cri perçant.

Il répéta son geste sur le pauvre derrière de Miss Downy,

mais il ne frappa pas aussi fort et ne déborda pas sur ses cuisses.

— Et maintenant, Lucinda, est-elle suffisamment punie ?

Sa sœur serrait les mâchoires, les lèvres pincées. Ses yeux restaient pleins de fureur.

— Non ! s'écria-t-elle.

Il perdit patience. Il fouetta sa sœur encore et encore, huit fois au moins. Quand il s'interrompit, il plaignit Miss Downy, qui grimaçait de désespoir, convaincue qu'elle allait subir le même sort. Il se rendit à côté d'elle et remit sa robe en place.

— Laissez-nous.

Miss Downy se leva et quitta hâtivement la pièce et s'essuyant les yeux, sans doute ravie de pouvoir s'enfuir.

~

Elle se rendit dans sa chambre et tenta de faire une sieste, mais s'aperçut qu'elle était incapable de dormir. Elle se sentait coupable de s'être disputée avec Miss Watson, pas parce qu'elle estimait être en tort, mais parce qu'elle savait que l'amertume de la jeune femme était causée par sa souffrance. Miss Watson avait sérieusement envisagé une union avec Mr Bates, mais elle estimait impossible, en tant que dame, de passer outre sa situation financière. Et même si elle l'avait fait, le colonel ne leur aurait certainement jamais donné sa bénédiction.

Mandy soupira. Elle avait envie de l'aider. Miss Watson aimait Mr Bates, et si elle ne se trompait pas, le jeune homme l'aimait en retour, mais son statut leur faisait obstacle. Elle se demanda si le colonel pourrait les aider, s'il comprenait ce qui était en jeu. Il analysait très vite les situations, d'habitude, mais la veille du bal, elle avait eu l'impression qu'il avait la tête ailleurs, et il ne réalisait probablement pas à quel point sa sœur aimait son prétendant. Le colonel était bien assez riche pour deux et avait des relations dans toute l'Angleterre. Il pourrait aider Mr Bates à trouver du travail, si ce dernier le souhaitait.

Après le dîner, elle résolut de parler au colonel. Elle frappa à sa porte, entra, et se mit à faire les cent pas dans son bureau, le derrière irrité par le frottement de sa chemise.

Assis derrière son bureau, il la contemplait de son regard froid et intelligent.

— Qu'y a-t-il, Miss Downy ?

Elle cessa ses déambulations et se mit à examiner les ouvrages de sa bibliothèque. Elle ne savait pas encore si elle serait capable de lui parler.

— Est-ce au sujet de ce qui s'est passé dans l'après-midi ?

Elle porta instinctivement la main à ses fesses. Elle déglutit et se remit à faire les cent pas.

— D'une certaine façon, dit-elle enfin.

Il la regarda d'un air impassible.

— Estimez-vous que votre punition était injuste ? s'enquit-il.

— Comment ? demanda-t-elle, surprise. Non. Enfin, je veux dire…

Elle secoua la tête. Elle n'avait aucune envie de déterminer si les punitions de son employeur étaient justes ou injustes. Elle comprenait d'ailleurs parfaitement qu'il les ait dressées l'une contre l'autre durant leur correction en laissant chacune décider du sort de l'autre.

— C'est… Monsieur le Colonel…

Il haussa patiemment les sourcils.

— Voyez-vous, je veux vous dire quelque chose, car je crois que vous êtes en mesure de vous montrer utile. Mais cela ne me regarde pas, en vérité.

— Ce n'est pas ce qui vous arrête, d'habitude, dit-il d'un ton sardonique. Dites-moi tout.

Sa voix était porteuse d'une autorité à laquelle Mandy était incapable de désobéir.

— Asseyez-vous, ajouta-t-il en indiquant la chaise face à lui.

Elle jeta un regard dubitatif au siège en bois.

— Je préfère rester debout, si cela ne vous dérange pas.

Elle lui fut reconnaissante de ne pas sourire.

— Bien sûr, dit-il d'un ton suave. Je n'ai pas réfléchi.

Elle alla tout de même se placer en face de lui. Elle posa les mains sur le bureau, et réalisa avec déconfiture que quelques heures plus tôt seulement, elle s'était retrouvée penchée sur ce même bureau. Elle recula brusquement. Elle crut voir la commissure des lèvres du colonel frémir, mais elle l'avait peut-être imaginé. Cette fois encore, elle lui fut reconnaissante de ne pas être moqueur.

Elle prit une grande inspiration puis hésita, croisant son regard d'un air méfiant. Elle soupira.

— Miss Watson est amoureuse de Mr Bates. Ne l'avez-vous pas remarqué ?

À son expression étonnée, elle en conclut qu'elle avait vu juste.

— Vos conclusions à son sujet ont anéanti ses espoirs, raison pour laquelle elle était d'humeur belliqueuse aujourd'hui.

Elle s'interrompit soudain, espérant que le colonel n'en conclue pas qu'elle était venue pour accuser l'autre femme.

Il cligna plusieurs fois des yeux.

— Mr Bates aime-t-il Miss Watson ? demanda-t-il enfin.

Elle haussa les épaules.

— Il ne m'a pas fait de confidences, mais il semblerait que oui.

— Je vois. Je vois.

Le colonel se leva et déclara :

— Merci de m'avoir fait part de cette information. Y a-t-il autre chose ?

Elle secoua la tête.

— Non, Monsieur.

— Très bien. Merci. Je suis content que vous m'accordiez votre confiance.

Elle sentait qu'il la congédiait, mais elle restait troublée.

— Vous tenterez de les aider, Monsieur ?

— Je vais songer à ce que vous m'avez dit, Miss Downy, répondit-il, évasif.

Déçue, elle lui fit la révérence et quitta la pièce.

Miss Downy avait une vision très romantique du mariage. Il s'enfonça dans son fauteuil et réfléchit à ce qu'elle venait de lui raconter. Elle avait beau ne lui avoir rien demandé de précis, le message sous-jacent était clair : il devait arranger la situation afin que sa sœur puisse épouser l'homme qu'elle aimait.

Mais il avait remarqué que les unions uniquement basées sur l'amour duraient rarement. Il fallait plus que de l'amour pour bâtir une vie heureuse à deux. Les couples devaient être harmonieux sur le plan du statut et du tempérament. Il valait mieux prendre une décision pragmatique, car si les deux parties y étaient ouvertes, l'amour suivrait. Cela s'était passé ainsi, entre Gracie et lui.

Il se leva et se mit à arpenter la pièce comme venait de le faire Miss Downy. Ses objections concernant Mr Bates étaient bien réelles. L'homme semblait trop paresseux pour gagner sa vie tout seul, ce qui le dérangeait. Mais peut-être était-il disposé à changer ? Charles secoua la tête. Pourquoi ses pensées suivaient-elles ce cheminement ? Parce que c'était ce que souhaitait Miss Downy ?

Une angoisse s'était emparée de lui. S'il croyait qu'il fallait suivre son attirance pour un membre du sexe opposé, s'il croyait en l'amour comme base d'une union, il devrait affronter la réalité de ses sentiments pour la gouvernante. Le manoir lui avait semblé bien vide en son absence, et sa déception à l'idée de ne plus être obligée de la demander en mariage était indéniable. Oui, il aimait Amanda Downy. Il soupira. C'était la vérité. Même s'il examinait la situation avec pragmatisme, il devait se rendre à l'évidence : elle serait parfaite pour lui. Elle était bien élevée, intelligente, et, bon… très belle. De plus, à en juger par la manière dont il avait pris en compte ses conseils, d'abord au sujet des enfants, et à présent de Lucinda, elle tenait déjà auprès de lui un rôle de partenaire. Il avait craint la douleur de perdre une autre épouse, mais ne serait-il pas plus douloureux de continuer à vivre seul ainsi, quand une deuxième union s'offrait à lui ?

Et maintenant ? Il se rassit dans son fauteuil et s'attela à ce qui avait été son point fort dans l'armée : la stratégie. Il invita les Livingston à dîner au manoir la semaine suivante.

Le soir du dîner en question, Bates était assis à côté de Lucinda et usait de ses charmes. Charles vit sa sœur se laisser séduire, d'abord avec réticence. Après le repas, Mr Livingston proposa une promenade nocturne, mais Charles prit Bates à part et l'invita à boire un brandy dans son bureau. L'homme semblait tiraillé entre son envie de se promener avec Lucinda au clair de lune et celle de frayer avec Charles, mais son bon sens l'emporta.

— Avec plaisir Monsieur le Colonel, je vous remercie, répondit-il poliment.

Dans le bureau, Charles leur servit un petit verre de brandy chacun. Puis il lui demanda de but en blanc :

— Vous intéressez-vous à ma sœur, Bates ?

L'homme se remit bien vite de la brusquerie de sa question et le regarda droit dans les yeux.

— Oui Monsieur le Colonel. Énormément.

— Et quels sont vos atouts ?

— J'ai une formation d'architecte. Je n'ai pas accepté de poste cette année car Mr Livingston insistait pour que je voyage avec lui, mais hier, j'ai envoyé ma candidature à plusieurs cabinets de Londres.

Charles haussa les sourcils.

— Pour ma sœur ?

Inutile de tourner autour du pot. Il souhaitait comprendre pleinement Bates et ses motivations. Il avait déjà demandé à son avocat de se renseigner sur son passé, après lui avoir reproché de ne pas avoir vérifié les références de Miss Downy.

— Oui, répondit simplement Bates, toujours en le regardant dans les yeux.

Charles aimait bien cet homme. Il se comportait comme il le fallait et avait pris l'initiative de chercher un poste respectable.

— J'ai quelques relations dans ce domaine. Je suis sûr de pouvoir vous trouver du travail. Si vous êtes réellement qualifié, bien entendu. Avez-vous des références ?

— En effet Monsieur. Mes professeurs me recommanderont, et j'ai passé trois ans en France à travailler sur des projets publics. Mon employeur là-bas pourra certainement m'écrire une lettre de recommandation.

Charles hocha la tête, satisfait.

— Si vous parvenez à trouver un poste, vous aurez ma bénédiction pour demander ma sœur en mariage.

Bates semblait stupéfait et extrêmement reconnaissant. Il lui serra la main.

— Je vous remercie Monsieur le Colonel. Je prendrai grand soin d'elle, je peux vous l'assurer.

Ils terminèrent leurs brandys tout en discutant agréablement, puis ils allèrent rejoindre les autres. Charles avait encore la deuxième partie de son plan à exécuter. Alors qu'ils s'apprêtaient à sortir par la porte de derrière du manoir, ils trouvèrent les Livingston et Lucinda.

— Où est Miss Downy ? s'enquit-il d'un ton qu'il espérait nonchalant.

— Dehors, elle se promène dans la roseraie avec Mr Bartlby, répondit Lucinda d'un air absent, en pleine conversation avec ses nouveaux amis.

Charles se renfrogna et son cœur s'emballa. Que faisait donc Miss Downy dans le jardin avec Bartlby sans chaperon ? C'était très inconvenant, sans parler du fait que... Il frémit, envahi par la jalousie. Il ouvrit la porte et se rendit dans le jardin, se persuadant que Miss Downy avait peut-être besoin de son aide, si Bartlby ne se comportait pas en gentilhomme.

Il s'arrêta en les apercevant. Bartlby était penché sur elle, et ils s'embrassaient. Lorsque le jeune homme recula, Miss Downy croisa le regard de Charles d'un air consterné.

Il tourna brusquement les talons et regagna la maison, le souffle court.

CHAPITRE SEPT

h, non. Son cœur se serra douloureusement. Elle se mit en chemin sans un mot vers le manoir, mais Bartlby la rattrapa par le bras.

— Je suis navré, Miss Downy. Je vous en prie, pardonnez-moi. C'était inapproprié. C'est seulement que… je ne cesse de penser à vous depuis l'accident de calèche.

Mandy le regarda, choquée. L'image gravée dans sa mémoire était celle du visage surpris et déçu du colonel. Les idées se bousculaient dans sa tête et son ventre semblait chargé de plomb.

Elle se dégagea.

— Je suis désolée, Bartlby, je ne suis pas le genre de femme qui embrasse des hommes dans le jardin.

Elle reprit la route du manoir, et il lui courut après.

— Je vous en prie, attendez, Miss Downy. Je ne voulais pas vous offenser.

— Je dois me retirer, maintenant, dit-elle d'une voix tendue.

— Bien sûr, Miss Downy. Encore toutes mes excuses. Je

ne voulais pas me montrer si entreprenant. Me permettez-vous de vous rendre visite demain ?

Elle ne fut même pas capable de répondre à sa question.

— Veuillez m'excuser, Monsieur Bartlby, dit-elle d'une voix chevrotante.

Elle pénétra dans le manoir et monta l'escalier en vacillant, sans même souhaiter bonne nuit aux invités. Elle ferma la porte de sa chambre et s'adossa au panneau de bois. *Grand Dieu.*

Le colonel l'avait vue embrasser Bartlby. Qu'allait-il s'imaginer ? Elle avait honte qu'il l'ait vue se comporter de manière aussi inconvenante. Elle ne s'était pas doutée que Bartlby l'embrasserait, sinon elle n'aurait jamais accepté de marcher seule avec lui dans le jardin.

Le colonel jugerait-il que ses actes étaient passibles de renvoi ? Ou pire, obligerait-il Bartlby à la demander en mariage, maintenant qu'il l'avait compromise avec son baiser ? Il était du genre à jouer les tuteurs pour elle, comme elle n'en avait plus. Cette idée la rendait malade. Elle ne voulait pas épouser Bartlby. En vérité, lorsque le jeune homme avait posé ses lèvres sur les siennes, elle avait regretté qu'il ne s'agît pas du colonel. Et à présent que ce dernier avait surpris leur baiser, eh bien, il n'y avait plus la moindre chance que cela arrive un jour. Elle s'assit sur son lit et ravala ses larmes.

Bon, elle ne pouvait rien y faire ce soir. Demain matin, elle dirait au colonel que Bartlby ne l'intéressait pas du tout. Elle entendit les invités partir en calèche. Elle souffla sa bougie et se jeta sur son lit, consciente qu'elle dormirait mal. Elle passa la nuit à chercher le sommeil, revoyant le visage surpris du colonel.

Au matin, elle résolut de présenter ses excuses au colonel pour son comportement inapproprié et de mesurer à sa réaction s'il s'intéressait à elle. Mais comme il avait tendance à prendre un air indéchiffrable, elle avait peu d'espoir de succès. Elle descendit prendre son petit-déjeuner et découvrit que Miss Watson était seule à table.

La jeune femme semblait particulièrement ravie ce matin-là.

— Bonjour, Miss Downy. Comment avez-vous dormi ? demanda-t-elle avec courtoisie.

Mandy lui jeta un regard suspicieux.

— Pas très bien, pour tout vous dire. Où est le colonel ?

— Il s'est rendu à Londres, répondit Miss Watson d'un ton pincé.

— Quoi ?

— Oui, il a dit avoir des affaires à gérer et il est parti très tôt.

Mandy resta coite et tenta de digérer cette information. Était-il possible qu'il soit parti à cause de ce qu'il avait vu dans le jardin ? Certainement pas. Pourtant, il n'avait pas parlé d'aller à Londres. Elle fronça les sourcils, jusqu'à ce qu'elle surprenne le regard curieux de Miss Watson.

— Vous devez être contente, commenta la jeune femme.

— Pardon ?

— Des attentions de Mr Bartlby ?

— Oh, euh… non. Pas du tout, en réalité, dit-elle avec un soupir.

Miss Watson continua de l'observer.

— Vous a-t-il demandée en mariage ?

— Non, répondit Mandy, renfrognée.

— Oh !

Miss Watson semblait surprise. Mandy se demanda si elle savait qu'il l'avait embrassée dans le jardin.

Miss Watson se mâchonna un moment la lèvre.

— Mr Bates candidate à un poste d'architecte dans le cabinet d'un ami de Charles, dit-elle, tentant visiblement de tempérer son euphorie face à cette bonne nouvelle pour ne pas jurer avec l'air sinistre de Mandy.

— C'est formidable, dit Mandy. Cela veut-il dire que vous envisagerez de répondre oui s'il vous demande en mariage ?

Miss Watson hocha joyeusement la tête.

— Il l'a déjà fait. Et Charles a donné son accord, à condition que Bates obtienne le poste. Il a même dit qu'il nous donnerait l'appartement de Londres ainsi qu'une rente annuelle.

— Félicitations ! s'exclama Mandy, sincèrement heureuse pour elle. Quand vous marierez-vous ?

— Je ne sais pas. Dans un mois, j'espère. Trois semaines pour publier les bans, et une semaine pour m'assurer que ma robe soit prête.

— Cela me semble parfait.

Mandy posa les yeux sur ses tartines grillées et réalisa qu'elle ne pourrait rien avaler. Elle avait beau être contente pour Miss Watson, parler mariage avait amplifié son désarroi. Quand les enfants arrivèrent de la cuisine telle une diversion bienvenue, elle se leva à la hâte et leur lança :

— Venez, les enfants, c'est l'heure de vos leçons !

Bartlby se présenta au manoir dans l'après-midi et lui demanda de se promener avec lui. Après quelques politesses, il aborda le sujet qui les préoccupait tous les deux :

— Je tiens une nouvelle fois à m'excuser de vous avoir causé tant de désarroi hier soir. Je n'avais pas l'intention de vous embrasser puis de vous dire au revoir, Miss Downy. Je comptais demander votre main.

Mandy ouvrit et serra les poings, sentant ses paumes se couvrir de sueur. Elle avait légèrement le tournis.

— Mr Bartlby, dit-elle après avoir pris une grande inspiration. Je ne peux… tout simplement pas… accepter.

— Je sais que vous espérez un mariage d'amour, dit-il, et elle se maudit de s'être livrée sans retenue le soir de l'accident. Je vous aime, Miss Downy, et je pense que vous finiriez par m'aimer, vous aussi.

Elle le regarda d'un air hébété.

— Mr Bartlby, je...

Elle ne savait que dire.

— Je ne peux pas, conclut-elle bêtement.

Il pencha la tête sur le côté et la dévisagea.

— Parce que vous ne m'aimez pas ?

Elle hocha la tête.

— Eh bien, je vais continuer à vous faire la cour, Miss Downy, dans l'espoir de gagner votre cœur un jour, déclara-t-il. Me permettrez-vous au moins cela ?

Elle soupira et répondit :

— À une condition.

— Oui ?

— Plus de baisers.

Bartlby lui sourit.

— Vous avez ma parole.

Il la quitta avec une expression emplie d'espoir qui la fit grimacer.

Elle passa les jours suivants à souffrir en attendant le retour du colonel tout en se demandant ce qu'il pensait d'elle. Le quatrième jour après son départ, Miss Watson intervint.

— Miss Downy, cela fait des jours que je vous vois faire les cent pas dans le manoir. Souhaitez-vous faire une promenade ?

— Comment ? dit-elle, arrachée à ses idées noires. Oh, oui, avec plaisir.

Elle se leva, alla chercher son ombrelle, et attendit Miss Watson devant la porte. Contrairement à elle, la jeune femme était d'humeur radieuse depuis le dîner avec les Livingston.

Elles prirent le chemin d'un pas tranquille et Miss Watson dit :

— J'ai écrit à mon frère pour lui dire que vous aviez refusé la demande en mariage de Bartlby.

Mandy s'arrêta, surprise.

— Comment saviez-vous que je...

Elle s'interrompit. Bien sûr, son refus était évident. Dans le cas contraire, elle aurait annoncé la bonne nouvelle.

— Je lui ai dit que cela faisait trois jours que vous arpentiez le manoir en vous tordant les mains.

— Non !

— Si, dit Miss Watson avec un sourire suffisant. Et je ne serais pas surprise qu'il revienne ce soir.

Mandy la dévisagea. Cette soudaine camaraderie lui mettait du baume au cœur. Comment la jeune femme avait-elle deviné ses sentiments ?

— Était-ce donc si flagrant ?

Miss Watson sourit.

— J'ignore pourquoi je ne m'en étais pas aperçue plus tôt. Enfin, je le savais peut-être, mais je ne voulais pas l'admettre. L'attirance est réciproque, j'en suis certaine.

Mandy rougit de plaisir.

— Vous croyez ?

Miss Watson hocha la tête et la prit par la main.

— Je viens de vous dire que j'en étais certaine.

— J'espère que vous avez raison, murmura-t-elle, se sentant terriblement exposée et vulnérable.

La calèche se rangea devant le manoir et il resta assis à l'intérieur un moment, incapable de descendre et de pénétrer dans le manoir. Il avait lu et relu la lettre de Lucinda, afin d'être sûr d'avoir bien compris ce qu'elle tentait de lui dire. Si elle avait vu juste, Miss Downy s'intéressait à lui. Si elle se trompait... il n'était pas encore parvenu à étouffer les émotions qui s'étaient emparées de lui après qu'il avait vu Bartlby embrasser Miss Downy.

Il soupira. Il ne pouvait pas passer toute la journée dans cette calèche. Il descendit et entra dans le manoir, à la fois ravi et consterné lorsque Miss Downy vint l'accueillir dans l'entrée. Il se trouva incapable de lui adresser plus qu'un bref hochement de tête avant de fuir dans son bureau.

Quelques instants plus tard, quelqu'un frappa doucement à la porte et il lança :

— Entrez.

Miss Downy pénétra dans la pièce. Lui était debout à côté du buffet, en train de se servir un brandy. Elle approcha et s'arrêta près de lui.

— Colonel, je... je voulais m'excuser auprès de vous d'être allée dans le jardin avec Bartlby.

Il ne dit rien.

— Je le regrette car... je tenais sincèrement à conserver votre estime.

— Mon estime, répéta-t-il froidement. De quel genre d'estime parlez-vous ? De mon estime d'employeur ?

— Non. Oui. Ce que je veux dire, c'est...

Elle inspira profondément et poursuivit d'un ton décidé :

— Eh bien, j'espérais que vous auriez pour moi le genre d'estime que me proposait Bartlby.

Le cœur de Charles bondit douloureusement et il ressentit à son égard une vague de désir possessif et pur. Il parcourut la distance qui les séparait, la prit dans ses bras et l'embrassa passionnément, capturant ses lèvres comme s'il marquait son territoire. Elle poussa une exclamation lorsqu'il la lâcha, et il la sentit trembler sous ses mains.

— Ce genre d'estime ?

— Oui Monsieur, haleta-t-elle.

Il l'embrassa à nouveau. C'était un baiser brusque, presque une punition, plein du désir et de la passion qu'il tentait d'ignorer depuis le jour de leur rencontre. Sa langue plongea dans sa bouche, la pénétrant autant qu'il en était possible lors d'un simple baiser. Elle gémit et répondit à son assaut, lui témoignant la même ardeur, sa petite langue luttant avec la sienne, ses lèvres ondoyant. Lorsqu'ils se séparèrent, elle leva les yeux vers lui, vacillant comme si elle avait le tournis.

— Amanda Downy, voulez-vous m'épouser ?

Elle lâcha un petit rire grave de nervosité puis lui adressa un sourire rayonnant.

— Oui Monsieur le Colonel.

Il l'embrassa encore, un baiser qui commença aussi brusquement que les deux premiers mais qui s'acheva dans la lenteur et la tendresse. Les lèvres de Miss Downy étaient enthousiastes, sa langue curieuse. Elle se tenait sur la pointe des pieds, collée à lui de sorte qu'il sentait ses seins en forme de pommes se presser contre son torse. Il glissa les bras derrière son dos mince, qu'il caressa d'une main tandis qu'il enfouissait l'autre dans ses cheveux. Il explorait sa bouche, savourait le fait qu'elle lui appartenait, désormais, et qu'il pourrait l'embrasser aussi souvent qu'il lui siérait. Lorsqu'ils se séparèrent, il baissa les yeux sur elle et lui caressa tendrement la joue.

— Êtes-vous prête à devenir « aisée mais prisonnière d'un militaire rigide » ? s'enquit-il, lui rappelant les mots qu'elle avait prononcés après l'accident de calèche.

Elle grogna.

— J'étais idiote. Je n'aurais jamais dû ouvrir la bouche, ce soir-là.

Elle plongea un regard sérieux dans le sien.

— Si vous vous souvenez bien, j'ai également dit que je voulais rester libre pour un mariage d'amour.

— Oui.

Elle déglutit.

— Dans ce cas précis, il semblerait que le mariage d'amour ait lieu avec un militaire rigide.

Le cœur de Charles bondit dans sa poitrine. Il l'admira amoureusement et passa le pouce sur sa lèvre supérieure.

— Incroyable, dit-il.

Elle haussa les sourcils.

— Incroyable ?

— Que vous aimiez un vieux colonel tel que moi.

Les yeux de Miss Downy s'embuèrent, et elle se dressa sur la pointe des pieds afin de poser ses lèvres sur les siennes. Elle lui donna le plus doux des baisers, empli d'amour, de tendresse et de promesse.

~

— Cherchez-vous à gagner du temps, Mrs Watson ? la taquina le colonel, ou plutôt Charles, comme elle apprenait à l'appeler.

Elle était assise dans sa nuisette et se brossait les cheveux, le soir de leur nuit de noces. L'impatience et l'excitation bouillonnaient en elle à l'approche de sa première nuit en tant qu'épouse.

Ils s'étaient mariés lors d'une double cérémonie. Le colonel avait fait venir sa mère et sa sœur, qu'il avait également invitées à vivre au manoir de façon permanente. Mandy et lui avaient été unis les premiers, suivis par Miss Watson et Mr Bates.

Charles l'avait emmenée à Bath pour leur lune de miel. À présent, il était derrière elle et posa les mains sur ses épaules.

Elle pivota, sursautant légèrement. Il la prit par la main et l'aida à se mettre debout.

— Inutile d'avoir le trac, ma chérie.

Il se baissa et posa ses lèvres sur les siennes, d'abord avec douceur, puis avec avidité. Sa langue exigea l'entrée et caressa l'intérieur de sa bouche avec insistance. Elle lui rendit son baiser, s'accrochant à son cou, son corps pressé contre le sien. Il gémit.

— Venez au lit, dit-il d'une voix rauque.

Elle le suivit.

— Charles, commença-t-elle avec angoisse.

— Oui ?

— Quand vous étiez malade... quand vous m'avez prise pour Gracie... vous m'avez dit que porter des vêtements au lit était interdit.

Charles se mit à sourire.

— Avez-vous vraiment une règle... au sujet des vêtements au lit ?

Elle voulait connaître tout ce qu'il attendait d'elle. Elle voulait savoir le satisfaire.

Le sourire de Charles prit des airs prédateurs. Il contenait une avidité qui lui brûlait et lui picotait la peau. Il s'assit sur le lit et la plaça debout face à lui, entre ses genoux écartés. Il glissa une main sur sa cuisse, laissant une ligne de feu sur sa peau. Tout en la caressant, il souleva sa nuisette, jusqu'à sa hanche, puis de plus en plus haut, sa grande main chaude suivant la courbe de son dos. De son autre main, il acheva d'enlever la nuisette, qu'il jeta au sol. Mandy frémit, pas à cause du froid, mais parce qu'elle se sentait exposée. Les mains de Charles effleurèrent ses flancs et saisirent ses seins. Ses pouces taquinèrent ses tétons. La chaleur montait en elle comme un incendie, et elle sentit sa poitrine se soulever pour aller à la rencontre de ses mains. Il se rapprocha et posa ses lèvres sur téton, qu'il suça et aspira dans sa bouche chaude. Il donna un coup de langue au téton dressé et la sensation la fit frissonner. Il recula et observa son petit corps tremblant d'un air satisfait.

— Oui, ma chère petite épouse. Interdiction de porter des vêtements au lit. Je veux avoir pleinement accès à ce qui m'appartient.

Il avait parlé avec fermeté, mais sa voix rauque faisait battre le pouls de Mandy de désir et non de peur, désormais.

— Bien Monsieur, dit-elle avec un sourire séducteur.

Il l'attira sur le lit et embrassa son sourire, saisissant avec douceur sa lèvre inférieure entre ses dents et tirant légèrement.

— Gentille fille, dit-il après l'avoir relâchée.

Il s'assit et se déshabilla à son tour. Elle n'avait pas oublié son torse, qu'elle avait vu la nuit où il était sorti pistolet à la main, mais le voir ainsi, nu dans toute sa gloire, la fit trembler de désir. Tout son corps était sculpté par des muscles, son corps large offrant la toile parfaite à leur magnificence. Hélas, le désir de Mandy n'avait d'égal que sa crainte. Elle suivait le mouvement, mais ses pensées ne cessaient de tourner à l'inquiétude quant à ce qu'il attendait d'elle ensuite et la façon de le satisfaire. Elle n'avait aucune idée de ce qu'elle faisait.

Il monta sur le lit et se glissa sur elle, déposant le long de son cou une pluie de baisers qui enflamma la zone entre ses cuisses. Il y glissa les doigts, comme il l'avait fait lorsqu'il l'avait prise pour Gracie. Elle tenta de ne pas se raidir sous son exploration, mais elle réalisa que sa peur à l'idée de ne pas savoir quoi faire grandissait. Elle serra instinctivement les jambes.

— Mmm, dit Charles d'un air songeur.

Il la fit rouler sur le ventre. Elle haleta lorsqu'il abattit la main sur ses fesses nues.

— Qu'est-ce que…

Une nouvelle claque. La brûlure de la première commençait toujours à s'installer lorsqu'il poursuivit sa fessée, frappant encore et encore. Elle haletait et retenait son souffle tour à tour, se trémoussant afin d'éviter la main impitoyable, horrifiée d'avoir offensé Charles sans le vouloir. Il s'interrompit pour caresser sa chair en feu, et elle gémit de plaisir. Que cherchait-il ?

Il plongea de nouveau les doigts entre ses cuisses et émit un son satisfait.

— Ah, roucoula-t-il. Vous voyez ? Votre corps sait reconnaître son maître.

Elle resta un instant déroutée, puis elle réalisa que la façon dont ses doigts glissaient sur elle avait changé ; ses fluides naturels avaient lubrifié l'entrée de son sexe, qui était désormais ouvert à Charles. Elle écarta les jambes et leva les fesses, désormais impatiente qu'il la touche. Il rit et lui donna une nouvelle claque sur les fesses avant de la faire rouler sur le dos.

Charles caressa ses replis couverts de nectars de bas en haut, prenant le temps de tracer les contours du petit renflement en haut de son sexe, ce qui la poussait à se cambrer et à gémir. L'un de ses doigts pénétra son entrée pour plonger en elle et elle se raidit sous les réverbérations de plaisir et de chaleur. Il ajouta un deuxième doigt, étirant son passage étroit jusqu'à ce qu'elle sursaute légèrement, mais il avançait assez lentement pour que le plaisir l'emporte sur la gêne.

Il se mit à aller et venir avec ses deux doigts, de plus en plus profondément, puis il les plia et caressa ses parois internes jusqu'à lui donner l'impression que la tension qui grandissait en elle allait la faire exploser.

— Je vous en prie, gémit-elle.

Elle ignorait ce qu'elle demandait, mais Charles le savait, lui.

— Oui, susurra-t-il d'une voix rauque.

Il enfonça ses doigts en elle jusqu'à y produire une détonation. Les muscles de Mandy se contractèrent sur lui alors que des vagues de plaisir submergeaient tout son corps. Il attendit que les dernières ondulations aient cessé puis il plaqua sa bouche contre la sienne, la pénétrant de sa langue tout en lui soulevant les genoux, se positionnant au-dessus d'elle. Comme une poupée de chiffon après la jouissance, elle était toute à lui, désormais. Il n'y avait plus en elle la moindre tension, la moindre gêne, la moindre peur. Elle glissa les bras autour de son cou et l'embrassa en retour, suçant sa langue en signe d'encouragement.

Elle sentit le bout de son sexe raidi se presser entre ses cuisses et elle gémit doucement lorsqu'il s'en servit pour caresser son entrée. Il s'enfonça lentement en elle jusqu'à ce qu'elle grimace, puis halète à cause d'une vive douleur. Il s'arrêta et l'embrassa à nouveau, murmurant des encouragements pleins de tendresse jusqu'à ce qu'elle lève le bassin vers lui, l'invitant à la pénétrer. Il le fit avec lenteur, et elle fondit sous le va-et-vient de son long membre, qui fit de nouveau monter le plaisir en elle jusqu'à ce qu'il devienne presque douloureux. Elle protesta d'un gémissement et Charles sourit, puis se mit à aller plus vite, plongeant en elle avec une force qui la satisfit alors même qu'il lui causait une légère douleur.

Lorsque sa gêne lui parut presque insupportable, elle enfonça ses ongles dans les épaules de Charles et lâcha prise, laissant le plaisir cascader en elle par vagues. Il s'interrompit jusqu'à ce qu'elle cesse de frémir, puis il lui donna de nouveaux coups de reins vigoureux jusqu'à atteindre sa propre jouissance. Elle l'observa avec une grande curiosité, incroyablement satisfaite de le voir ainsi comblé. Ensuite, elle se blottit contre son torse, la tête posée sur l'un de ses bras, remplie de la joie de leur union charnelle.

— Charles… pourquoi m'avez-vous fessée ? osa-t-elle demander après un silence paisible.

Il lui caressa les cheveux.

— Seulement pour aider votre corps à se préparer. Vous avez perçu la différence, n'est-ce pas ?

Elle hocha la tête.

— Mais pourquoi être *fessée* me prépare-t-il à… ça ?

Il rit.

— Je n'en sais rien. Ce doit être notre côté primitif.

Il avait de nouveau glissé un doigt entre ses jambes, et il la caressait avec douceur. Le plaisir délicieux la fit soupirer.

— Mais vous n'êtes pas obligé de me fesser à chaque fois ? demanda-t-elle, hésitante.

Charles éclata de rire.

— Non, ma chérie, répondit-il, toujours hilare. Vous étiez simplement un peu nerveuse, donc votre corps n'était pas prêt. Mais vous ne tarderez pas à être à l'aise avec moi.

— Et si je ne le suis jamais ?

Nouvel éclat de rire.

— Dans ce cas, je me ferai un plaisir de vous fesser à chaque fois.

Elle gloussa.

— Aha ! Je comprends mieux, à présent. Vous aimez me fesser !

— Mmm, admit-il paresseusement, sans cesser de caresser les contours de son sexe.

— Vous étiez excité le soir où vous m'avez fessée avec la règle, n'est-ce pas ?

— Vous l'aviez senti ? demanda-t-il, amusé. Je suis navré. Je n'aurais jamais dû vous allonger sur mes genoux.

— Étiez-vous toujours… excité ? Je veux dire, à chaque fois que vous m'avez punie ?

— Non. Enfin, oui, un peu. Je vous ai désirée dès que je vous ai vue, dans cette calèche.

Mandy prit appui sur un coude afin de voir son visage. Elle était surprise, mais ravie de cet aveu.

— C'est la vérité, poursuivit-il. Ce n'était pas le fait de vous punir qui m'excitait, car infliger de la douleur ne me fait pas plaisir, mais je ne restais certainement pas de marbre en vous voyant ainsi dévoilée.

— Vous n'êtes pas resté de marbre devant Julie non plus ? demanda-t-elle avec suspicion, un brin jalouse.

Il rit.

— Ne me dites pas que vous êtes jalouse que je fesse une autre femme.

— Vous n'avez pas répondu à ma question, s'entêta-t-elle.

Il chassa d'une caresse les cheveux qui lui tombaient sur le visage.

— Si, ma chérie, je suis resté de marbre lorsque j'ai puni Julie.

Elle se blottit de nouveau contre son torse.

— Tant mieux, dit-elle.

Après Gracie, Charles ne pensait pas vouloir se remarier un jour, pourtant son bonheur tout neuf avec Mandy éclipsait le chagrin d'avoir perdu sa première épouse. Les enfants s'étaient montrés extatiques en apprenant que Mandy serait leur nouvelle maman, et elle s'était glissée sans peine dans ce rôle. Lorsqu'ils avaient célébré leurs noces, Tom l'appelait déjà Maman. Les deux enfants s'étaient également pris d'affection pour la famille de Mandy, ravis de l'attention que leur portaient leur nouvelle tante et leur nouvelle grand-mère.

Et faire découvrir à Mandy les délices du lit conjugal était un plaisir qui dépassait toutes les attentes de Charles. Elle était si innocente, et pourtant si désireuse de le satisfaire. La deuxième nuit de leur lune de miel, il la découvrit en train de l'attendre sous la couette.

— Avez-vous suivi les règles ? lui demanda-t-il d'un ton taquin en tirant doucement sur le drap.

Elle s'y accrocha un instant, puis le lâcha pour le laisser dévoiler son superbe corps nu.

— Gentille fille, susurra-t-il d'un ton approbateur.

Elle esquissa un sourire tandis qu'il s'émerveillait de la façon dont son innocence pouvait se transformer en séduction. À ses yeux, Mandy était la femme la plus aguichante qu'il ait jamais rencontrée. Après avoir ôté complètement les draps, il l'admira tout son saoul. Un rougissement lui monta aux joues tandis qu'il prenait le temps d'examiner chaque joli détail : la façon dont ses cheveux tombaient en éventail sur l'oreiller, les lignes délicates de sa clavicule qui menait au creux parfait de son cou. Ses seins aux pointes roses lui tenaient parfaitement dans les mains ; lourds et fermes, ils étaient faits pour être suçotés. Son ventre était plat, sa taille fine, ce qui accentuait la largeur de ses hanches. Sous les boucles brunes entre ses jambes, il apercevait les lèvres parfaites de son sexe. Elles l'appelaient, et il s'agenouilla sur elle pour lui écarter les cuisses et y plonger la tête. Il lécha son centre brûlant, suçant et pénétrant de sa langue, avant de se retirer pour tracer des cercles autour du noyau de son plaisir. Elle se cambra contre lui et il la saisit par les fesses afin de la maintenir fermement et de la torturer avec sa langue. Elle gémit et s'ouvrit comme une fleur en glissant les doigts dans ses cheveux.

— Charles, dit-elle avec une note d'impatience dans la voix.

Il plongea un doigt en elle et chercha le petit renflement profondément enfoui en elle, celui qui durcissait lorsqu'il le touchait. Quand il le trouva, elle se mit à s'agiter contre sa bouche et sa main en poussant de petites plaintes qui se transformèrent en un cri sonore alors que ses muscles se contractaient autour de son doigt.

Il s'assit sur le lit et la tira en travers de ses genoux, abattant la main sur son fessier idéal dans une claque résonnante. Elle sursauta et se tortilla tandis qu'il continuait de faire rougir son derrière. La vue de sa jolie chair ondulante était enivrante, et il ressentit un éclair de triomphe en prenant conscience que désormais, il pouvait la posséder. Amanda Downy lui appartenait.

— Charles, non ! protesta-t-elle. J'étais prête, cette fois. Vous ne pouvez pas faire ça !

— Qui me l'interdit, Mrs Watson ? s'enquit-il d'un ton faussement sévère.

Elle gloussa et sembla même lever les fesses pour aller à la rencontre de sa main. Il lui donna trois claques supplémentaires puis plaqua la paume sur sa peau brûlante afin de caresser ses courbes pulpeuses. Un doigt glissa entre ses fesses, qu'elle contracta en signe de protestation. Il lui donna une autre tape en riant.

— Ne vous en faites pas, ma petite femme, je ne vous prendrai pas par *là* ce soir. Nous garderons cela pour une autre fois. Je veux simplement admirer ce qui est à moi.

Il glissa deux doigts entre ses jambes et découvrit qu'après sa fessée, son sexe était encore plus mouillé et gonflé qu'avant, si une telle chose était possible. Approbateur, il murmura d'une voix étranglée :

— Je vais vous prendre par-derrière, cette fois.

Il la fit glisser de ses genoux pour l'allonger sur le lit. D'instinct, elle sut écarter les jambes et lever les fesses afin qu'il la pénètre facilement. Il resta doux, conscient qu'elle était certainement toujours endolorie depuis la veille, mais elle alla à la rencontre de chacun de ses coups de reins, visiblement pleine d'enthousiasme. Il regarda avec fascination la façon dont elle se cambrait, dont elle enfonçait les doigts dans la courtepointe, dont sa bouche s'ouvrait pour laisser échapper des gémissements et des soupirs. Plus la tension montait, et plus elle faisait claquer ses fesses contre son bassin, créant une friction qui amplifiait la sensation délicieuse de son fourreau chaud et mouillé. Il donna encore quelques claques à son derrière rebondi avant de la maintenir fermement par les hanches et d'aller et venir avec force jusqu'à l'orgasme. Elle jouit juste après lui en poussant un cri triomphal, tremblant de la tête aux pieds.

— Gentille fille. C'était très bien, lui susurra-t-il à l'oreille pour la féliciter tandis qu'il s'allongeait à ses côtés et lui caressait le dos.

Elle roula vers lui et glissa une jambe sur son bassin.

— Je veux apprendre à vous satisfaire, dit-elle à voix basse tout en explorant les muscles de son torse avec ses doigts.

— Vous me satisfaites déjà.

Il passa un doigt sur ses lèvres avant de l'embrasser langoureusement.

— Oui, vous me satisfaites pleinement.

Fin

LA BRATVA DE CHICAGO

Le Directeur (La Bratva de Chicago, Tome 1)
PERSONNE NE PREND CE QUI M'APPARTIENT
Cette jolie avocate m'a caché son secret.
Un bébé qu'elle porte depuis le soir de la Saint-Valentin.
Le soir où le sort a décidé de nous unir.
Elle ne m'a jamais contacté. Elle voulait m'empêcher d'apprendre la vérité.
Elle va découvrir ce qui se passe quand on contrarie un boss de la bratva.
Une punition est nécessaire. Une séquestration en attendant la naissance.
Et je mettrai ce temps à profit pour la séduire.
Parce que je n'ai pas seulement l'intention de garder le bébé...
Je compte épouser sa mère.
Et pour notre bien à tous les deux, mieux vaudrait qu'elle soit partante.

Le Directeur

LIVRE GRATUIT DE RENEE ROSE

Abonnez-vous à la newsletter de Renee

Abonnez-vous à la newsletter de Renee pour recevoir livre gratuit, des scènes bonus gratuites et pour être averti·e de ses nouvelles parutions !

LIVRE GRATUIT DE RENEE ROSE

https://BookHip.com/QQAPBW

OUVRAGES DE RENEE ROSE PARUS EN FRANÇAIS

www.reneeroseromance.com/francaise/

La Bratva de Chicago

Prélude

Le Directeur

Le Stratège

Possédée

L'Homme de Main

Le Soldat

Le Hacker

Le Bookmaker

Le Nettoyeur

Le Coureur

Le Gardien

Les Nuits de Vegas

Roi de carreau

Atout cœur

Valet de pique

As de cœur

Joker Mortel
Dame de trèfle
Cartes sur Table
Bonne pioche

Alpha des montagnes
Le héros
Rebel
Le guerrier

Série Chicago Sin
Nid de Péché
Ancré dans le Péché

Série Made Men
Ne m'Aguiche Pas
Ne me Tente Pas
Ne m'Oblige Pas

Dompte-Moi
Son Maître Royal
Oui, Docteur
Son Maître Russe
Son Maître Marine
Soumise à leur Punition
Son Maître Pompier
Son Maître Cuistot

Les Rois des Yachts
Vengeance

Régence
L'Affaire Westerfield
Le Scandale Reddington

L'Incident Darlington

Alpha Bad Boys
La Tentation de l'Alpha
Le Danger de l'Alpha
Le Trophée de l'Alpha
Le Défi de l'Alpha
L'Obsession de l'Alpha
L'Amour dans l'ascenseur (Histoire bonus de La Tentation de l'Alpha)
Le Désir de l'Alpha
La Guerre de l'Alpha
La Mission de l'Alpha
Le Fleau de l'Alpha
Le Secret de l'Alpha
La Proie de l'Alpha
Le Sang de l'Alpha
Le Soleil de l'Alpha
La Lune de l'Alpha
La Serment de l'Alpha
La Vengeance de l'Alpha
Le Feu de l'Alpha
Le Secours de l'Alpha
L'Ordre de l'Alpha

Les Loups-Garous de Wall Street
Grand Méchant Patron: Minuit
Grand Méchant Patron: Folie Lunaire
Grand Méchant Patron: Marquée
Grand Méchant Patron : Accouplés

Les Ours Bad Boys
La Revendication de l'Alpha

Lycée Wolf Ridge
Brute Alpha
Chevalier Alpha
Alpha par Alliance
Le Roi Alpha
L'Alpha interdit

Le Ranch des Loups
Brut
Fauve
Féral
Sauvage
Féroce
Impitoyable
Bestial
Implacable

Deux Marques
Indomptée (libre)
Tentée
Désirée
Séduite

Les Dominateurs Alpha
La Faim de l'Alpha
La Punition de l'Alpha
La Promesse de l'Alpha
La Protection de l'Alpha

Maîtres Zandiens
Son Esclave Humaine
Sa Prisonnière Humaine
Le Dressage de Son Humaine
Sa Rebelle Humaine

Sa Vassale Humaine
Son Compagnon et Maître
Animal de Compagnie Zandien
Sa Possession Humaine

Les Épouses Zandiennes
La Nuit des Zandiens
Achetée par les Zandiens
Dominée par les Zandiens
Les Lumières de Zandia
Détenue par le Zandian
Revendiquée par le Zandian
Enlevée par le Zandian
Sauvée par le Zandian

Écrivez votre réussite
Écrivez votre réussite
Réussir sans peine

À PROPOS DE RENEE ROSE

RENEE ROSE, AUTEURE DE BEST-SELLERS D'APRÈS USA TODAY, adore les héros alpha dominants qui ne mâchent pas leurs mots ! Elle a vendu plus d'un million d'exemplaires de romans d'amour torrides, plus ou moins coquins (surtout plus). Ses livres ont figuré dans les catégories « Happily Ever After » et « Popsugar » de USA Today. Nommée *Meilleur nouvel auteur érotique* par Eroticon USA en 2013, elle a aussi remporté le prix d'*Auteur favori de science-fiction et d'anthologie* de Spunky and Sassy, e celui de *Meilleur roman historique* de The Romance Reviews. Elle a fait partie de la liste des meilleures ventes de USA Today sept fois avec ses livres Wolf Ranch et plusieurs anthologies.

Abonnez-vous à la newsletter de Renee pour recevoir des scènes bonus gratuites et pour être averti·e de ses nouvelles parutions!
https://www.subscribepage.com/reneerosefr

www.ingramcontent.com/pod-product-compliance
Lightning Source LLC
Chambersburg PA
CBHW071126100726
47908CB00008B/2503